奴隸帝王

歷史小說

石勒：一劍能當百萬師

二

位極人臣、手握兵權的石勒，
面對多方而來的敵意和種種挑戰，
是否仍能實現年少心願，並且與親人團聚？

後趙君主石勒，戎馬一生的傳奇歲月再現！

毋福珠 著

目錄

前言

自序

目錄

前言

本書《奴隸帝王 —— 石勒：一劍能當百萬師》為《奴隸帝王 —— 石勒：英雄出少年》的續集。

本系列書共有四集：

奴隸帝王 —— 石勒：英雄出少年

奴隸帝王 —— 石勒：一劍能當百萬師

後趙明主 —— 石勒：眾望所歸，稱王於襄

後趙明主 —— 石勒：逐鹿中原，歲月如夢

第一集《奴隸帝王 —— 石勒：英雄出少年》一至十一回，講述了後趙開國君主石勒的少年時期，記敘他開國立業的夢想之起點；

第二集《奴隸帝王 —— 石勒：一劍能當百萬師》十二至二十三回，講述石勒投身軍旅後，金戈鐵馬的征戰歲月；

第三集《後趙明主 —— 石勒：眾望所歸，稱王於襄》二十四至三十五回，敘述石勒在眾多部將的擁戴下，於襄城稱王的經歷；

第四集《後趙明主 —— 石勒：逐鹿中原，歲月如夢》三十六至四十六回，細數了這位後趙君主的功績及其晚年。

作者以其豐厚的歷史學養及流暢文筆，細膩描繪出後趙明帝石勒從奴隸到帝王的傳奇人生，集集精彩，集集不容錯過。

前言

自序

一個從奴隸到帝王的故事

這個故事，講的是石勒一生曲折起伏的經歷。

《晉書‧石勒載記》載：「石勒上黨武鄉羯人。」他出生的年代，正趕上魏晉門閥政治興起之時，士大夫貴族階層個性開放、隨興而為，塵談玄學、無為而治的各種思潮湧動並傳播滲透到國家政治領域，晉朝王氣黯然，惠帝政權失控，八王之亂戰火頻仍，打打殺殺長達十六年，百姓在亂中求生。日子本就過得困苦不堪，又逢上太安年間（西元三〇二至三〇三年）天旱不雨，并州大地連年饑荒，眾多的升斗小民處於無食等死之境。饑饉和戰亂裹挾著石勒，在官兵抓人販賣獲利的情況下，石勒雖然跑到朋友家躲過一劫，但風浪依舊，到頭來還是被并州刺史司馬騰「執胡而賣」，掠至山東淪為奴隸，在荏平縣一個塢主的田地裡苦受煎熬……

世道的不公和歧視，把石勒逼上反叛之路。憑著一腔血性之勇，率領平素結交的八個苦難兄弟，時稱八騎，仗劍天涯，揭竿反晉。這之後，又有十人站到他的旗幟之下，號為十八騎，頻繁出沒冀州一帶，逐漸組織起一支上千人的兵馬，後提兵攻打郡縣，被官兵圍剿大敗。他突出重圍，投靠匈奴族人劉淵所建漢國，屢建戰功。

自序

　　石勒是文盲，「雖不視兵書」，而能使「攻城野戰合於機神」，「暗與孫吳同契」，以卓絕的戰略遠見統眾御將馳騁疆場，於永嘉五年（西元三一一年）夏在苦縣一戰殲滅太尉王衍統領的十萬大軍，襲殺司馬宗室四十八王，聲威天下，漢國進用他為鎮東大將軍，麾下眾至二十萬。接著會同漢將劉曜、王彌攻陷洛陽，俘晉懷帝司馬熾。滅西晉後，石勒轉兵北去屯駐襄國城，以此為據，戡平周邊諸雄，於大興二年（西元三一九年）自立門戶建立後趙，滅前趙，統一了北方大地。歷史把石勒推上九五之尊的寶座，在位十五年，建平四年（西元三三三年）六十歲病逝。

　　石勒是繼漢朝開國之君劉邦之後，從草野民間走出來的又一個平民帝王。他不畏險途，毅然闖蕩於八王之亂中，立馬沙場取天下。立國後，他借鑑商周「逆取順守」的做法，及時進行文武之道的轉換，外禦東晉，內修政治，酌減賦稅，勸耕農桑。他開辦學校，命人專管。他經常到郡縣看望和接見文學之士，賞賜穀物、布帛進行慰問。史書上記載他「雅好文學」。他還從國家治理、民族融合的角度出發，適時推出一些重建和維護社會道德秩序的舉措，制定《辛亥制度》五千文，使之成為倫理與法紀規制。

　　石勒出自羯族武夫，但他為人行事多受中原儒家傳統文化影響。他好怒，但只要進諫的人說得對，怒火很快就會平息下

來，有時還向被責備者賠禮道歉。對過去和他打過架的一個村人，也不計前嫌，把此人請到都城赴宴，並封他為官。他曠達大度，不拘小節，從不放縱自己，每以古代帝王那種「醉酒和美女」荒於政事為戒，身居高位而依然勤政簡樸，就連臨終發佈《遺令》，對他的後事做了「殮殯以時服，不藏金寶玉玩」一切從簡的安排，足見他的政治見地。

這部小說，以史籍所載石勒在軍事征戰和國家治理諸方面的主要歷史事件為框架構思而成。從頭至尾，以敘事的方式呈現故事，以故事的方式承載歷史，再現了這位從奴隸到帝王的傳奇人生。

毋福珠

自序

第十二回

孔萇獻策打鄴城 汲桑慶功酬將士

第十二回　孔萇獻策打鄴城　汲桑慶功酬將士

支雄、冀保敗退到茌平馬牧場兵營，守衛營門的兵卒向他們參了一禮，轉身邊跑邊叫「支兄弟回來了，冀兄弟回來了」，一直跑到大帳去稟報。最先從營帳出來的是劉膺。劉膺不像冀保陽剛外露，敢說敢為，他內斂寡語，但心眼極好。那天從戰地出逃時，戰場紛擾，既不見冀保，又詢不到他的去向，劉膺以為冀保已經不在人世了，當下嗚咽落淚，道：「冀保……」

當年一起離家出走，冀保娘說冀保性子火爆，容易惹事，囑咐劉膺對他多加照應，現在自己沒有盡到照應之責，焦急著就要返回去找，敗退下來的劉寶、孔豚望見大批敵兵掩殺上來了，一把拉了他就跑。這時候聽見有人喊了一聲「冀保回來了」，劉膺跟拉著草鞋跑出來抱住冀保，破涕為笑道：「我以為永遠見不到你了。」

冀保拍拍劉膺的脊背，道：「不殺了司馬騰，我怎麼會死呢，快與我去見石勒。」

兩人還沒有走到大帳門口，汲桑、石勒撩帷迎出門外，把支雄、冀保擁入帳內，細述白馬津戰敗之後的情景：汲桑與石勒收拾部分亡散將士向北撤退到苑鄉[01]落草。幾個月前，為了弄清成都王司馬穎死於何處何人之手，從苑鄉返至馬牧場，失散的將弁、校督、兵卒聞訊陸續趕來，唯獨不見支雄、冀保，此刻兩人歸來才都放下心來。石勒伸出雙臂摟住支雄、冀保，要

01　在今河北任縣東十八里處。

送他們先到自己帳裡歇息，那冀保直勸石勒即刻下令追殺司馬騰。石勒也認為司馬騰離了巢穴，是追殺他的好時機，此時有人大叫「還不是時候」。石勒扭頭看去，見是孔萇從背後過來。孔萇參禮道：「司馬騰進退失據，看似應當出兵截殺報仇，可是人常說瘦死的駱駝比馬大，那司馬騰敗是敗了，然他仍是晉朝轄地河水之北的一方諸侯，麾下還沒有萬二八千兵馬相隨。有兵家說寡固不可以敵眾，拿吾等這千餘人去邀擊，殺不了他，恐怕還會引起司馬騰之兄司馬越那廝的出兵討伐。以裨將之見，請兩位主將一面派出偵探摸清司馬騰棲止何處，一面迅速擴充兵力，到實力足可制服對方之時再出兵，方可一戰勝之。」

汲桑見石勒看他，分明是讓他拿主意，點頭道：「此議可行，並須吩咐偵探同時刺探成都王之死的細微。」馬上派出一名偵探走後，命石勒為伏夜牙門，率支屈六、夔安、支雄、逯明一干將士，連夜去劫相鄰郡縣的囚獄，放出囚犯，又招聚山澤亡命以擴充兵馬，許多失去土地而成為豪門世家門人或奴隸的人和一些依靠討要度日的流民也靡然從之，眾至萬餘。

光熙元年（西元三〇六年）十月末，忽一日派出去的偵探披著滿身雪片來報，說司馬騰移鎮鄴城諸軍事，以補缺成都王司馬穎之位。

汲桑道：「是不是他為了拿到鎮守鄴城的職權，襲殺了成都王殿下？」

第十二回　孔萇獻策打鄴城　汲桑慶功酬將士

　　偵探道：「殺成都王的主使者是范陽王司馬虓參軍、光祿大夫 [02] 劉蕃長子劉輿。司馬穎從新野逃出北來，他的參軍盧志不忍司馬穎棲止無所，憑他與頓邱太守馮嵩的舊交，奉司馬穎到馮嵩那裡小駐，詎料馮嵩竟然出賣了司馬穎，連夜將他囚入檻車，差三百將士解往鄴城，交給鎮守鄴城的范陽王司馬虓囚禁，與兩個兒子每日在暗窗昏燭中活了兩個多月。及至上年初冬的一天，司馬虓與眾幕僚飲酒過量，吐血斗餘暴死。司馬虓的參軍劉輿素與司馬越親近，以司馬穎久居鄴城，舊部甚多，怕留下他招致禍亂為由，命看守的兵卒不幫他父子添衣送食，想把他們凍餓病死在囚室裡，使得向朝廷表奏有辭。七天過後，劉輿見司馬穎父子依然活著，氣憤之下偽造了一道賜司馬穎死的詔令，命司馬虓部將田徽帶兵闖入囚室去執行。」

　　汲桑站起，道：「成都王殿下就這樣不明不白地死了？」

　　那偵探聽出來了，汲桑、石勒很想知道司馬穎受死之情，便把他混在范陽王司馬虓兵營裡聽來的一段頗有深意的對話說給他們聽。

　　司馬穎雖不清楚那田徽宣諭的是一道偽詔，然他以為事情可疑，問田徽道：「范陽王死了？」

　　田徽回答：「不知道。」

　　司馬穎道：「將軍多大年紀？」

02　三品，職掌宮殿掖門宿衛、統領武賁中郎將等。

田徽道：「虛度五十。」

司馬穎道：「五十而知天命，將軍可知天命？」

田徽道：「末將只知征戰，不知天命。」

從田徽口氣測知事已無轉圜，司馬穎說道：「本王死之後天下能安寧還是不能安寧，恐怕你也說不清。」困頓的兩眼望了一陣田徽，嘆了幾聲，道：「本王三年未曾一浴了，今將就死，不可以不潔之軀去見先人，你去取些湯水來。」

取來湯水，司馬穎洗浴完畢，從容散髮高臥，命田徽用麻繩將他勒死，時年二十八歲，兩個未成年的兒子也同時遇害。盧志聞訊，到囚室下跪叩拜祭奠一番，自己掏錢買了三具棺柩，將司馬穎父子的屍首裝殮殯葬在鄴城郊外。

汲桑感嘆良久，道：「奇案，又是一樁偽詔殺人的奇案。」

石勒見汲桑坐是坐下了，可還是很氣憤的樣子，轉身對偵探使了使眼色，讓他說下去。偵探抬眼還在望石勒，帷帳被人高撩起，門上喊了一聲「報」，隨即見一人進來。此人是汲桑差往京師透過舊僚探聽晉廷內情的，帶回來不少消息：司馬穎死後不到一個月，晉惠帝司馬衷與皇太弟司馬熾在顯陽殿處理政務中，吃了幾口糉餅，七竅流血，一命歸陰。司馬越連死因也不追究，匆匆忙忙奉皇太弟司馬熾承祚皇位，史稱晉懷帝，改年號永嘉元年（西元三〇七年）。殯葬了司馬衷，已是年殘春至，一些臣僚的孝服還沒有除，司馬越早又忙起除掉河間王司馬顒的事來。

第十二回　孔萇獻策打鄴城　汲桑慶功酬將士

在司馬越圍困長安的兵馬東撤以後，司馬顒從外逃之處返回長安，接到一道詔書──晉懷帝司馬熾封他為司徒，徵召入朝。他以為絕處逢生，帶了三個兒子興奮地趕往洛陽。走到離洛陽不遠的澠池西面雍谷地界，遇到一夥似盜非盜、似匪非匪模樣的人，把他從馬上拖下來卡住脖子掐死，三個兒子也死在這夥人之手。這夥人是由剛剛晉爵為南陽王的司馬越之弟司馬模的一個部將和他的一干健卒假扮的，而出這等毒計送了司馬父子性命的，又是那個劉輿。

前後不到半年，司馬穎、司馬顒二王相繼斃命。至此，從永平元年（西元二九一年）至永嘉元年（西元三〇七年）的十六年間，司馬宗室參與政權爭奪戰爭而相互討伐殘殺的有八個藩王[03]，史稱八王之亂，只有東海王司馬越是最終的受益者，被封為太傅，錄尚書事，操縱朝政。

汲桑聽得絮煩，道：「盧志忠心可嘉，劉輿奸宄佞徒。」他半轉身看向偵探，問道：「此人今在何處？」

偵探回道：「劉輿設計除掉了心腹之患的成都、河間二王，司馬越誇他是亂世奇才，引為親信，簡命為左長史，調入朝裡參與軍機政事。劉輿憑仗這份信任，奏請朝廷晉東嬴公、并州刺史司馬騰為東燕王，未幾又遷爵新蔡王，行車騎將軍事，鎮守鄴城，舉薦他的弟弟劉琨填補司馬騰改易藩鎮之地後的刺史

03　系指汝南王司馬亮、楚王司馬瑋、趙王司馬倫、齊王司馬冏、長沙王司馬乂、成都王司馬穎、河間王司馬顒、東海王司馬越。

之職，封疆并州。」

　　汲桑心裡急躁，看看石勒，手托几案站起來，道：「他們所探之情，與前日劉征南去歸來說得大概一致，司馬騰駐在鄴城，這如同送到吾等嘴邊的一塊鹿肉，焉能不吃！」

　　「吃鹿肉」，無異於一道攻打鄴城之將令，眾人聽了凝視石勒。石勒看出大家都在等自己的意見，便說道：「吃，先吃掉司馬騰，再討伐攝政擅權的司馬越，實現公師藩將軍沒能實現的心願。」

　　汲桑甚贊石勒勇氣。他自建大將軍旗幟，拜石勒為掃虜將軍、忠明亭侯，領前驅開路，從馬牧場起程，直驅鄴城東數十里之地紮下營寨。

　　打敗仗是一場災難，也是一種收穫。因為它可能提醒你後半輩子都會防著那個坑，所以石勒不願像上回攻打鄴城那樣莽撞而行，紮營之後帶了孔萇、王陽、夔安、冀保四人出去踏勘地形，尋找破城之策。一路過來，他們從東漢末曹操所築漳堰南折一直繞至鄴城之西，順著西斜太陽的東照光線縱目遠眺，濛濛灰氣阻隔難見鄴城真實形貌。等到快天黑，他們走到護城河旁，正對西城牆和高聳的三臺，石勒道：「從外面看像一座險固之城，是曹操所築？」

　　靠邊的王陽回道：「說是曹操在一座舊城上加築的，細情得問孔萇。」

17

第十二回　孔萇獻策打鄴城 汲桑慶功酬將士

　　孔萇一擺身，面對石勒說，鄴城在太行山東平原之地，傳說始築於春秋時期。漢代是鄴郡治所。東漢末，曹操從冀州牧袁紹手中奪得此城，修築營建為王都。他這時把手一伸，指點映在半空中的三臺，道：「將軍您看，那由北向南一線排列的三座高大臺榭，都是曹操在西城牆北端以牆為基而建的，叫冰井臺、銅雀臺、金虎臺，臺與臺相距各六十步。銅雀臺居中，臺高十丈，是全城最高點，有橋式閣道與冰井、金虎二臺相連。三臺的修築，含有《易》的玄奧。說是三臺位於乾位，與五行相照應，據傳曹操幕僚中有各色各樣的賢哲大儒能士，連以《易》導築城池的人才也納於帳下。固然民間流傳曹操是治世能臣，國之奸雄，但他在延攬人才這方面，還是受人稱道的。」

　　石勒道：「曹操是了不起，若我有他那麼多戰將謀士，敢笑曹操叱吒風雲幾十年，沒能南圖蜀漢，東併孫吳，合三為一，集天下權力於一身。」他說得情激身起，夔安、冀保同時出手將他按下。他身軀一漲，橫起雙眼，喝道：「你們好生無理！」

　　左側的孔萇也按他一把，道：「這是在鄴城城下，城上盡是巡哨的兵卒。若從高處用箭矢、石塊齊發，可達這裡，大意不得。」

　　石勒蹲下去，直望城上，身軀朝一排枯蒿後面挪動挪動，歪起頭道：「是我忘了身處敵兵視野之內，好險。孔萇，你且撇過曹操，先說如何破城。」

孔萇認為世上有些事不能說，有些事不能不說，而且他很想使石勒成為一代雄主，便趁此誇大鄴城和曹操的一些事，借此激發石勒，說道：「得說，得說，人才興邦嘛！將軍欲擁有天下，便得效法曹操延攬四方英才，招賢納士，籠絡各具文武優長之士，為我所用，天下方正賢良，焉有不聞聲來就將軍者！」

聞此言，石勒又來了興趣，靠近孔萇，問道：「孔萇教我，當如何延攬？」

孔萇聳聳肩，講了一則千金買馬骨[04]的故事，石勒靜聽之後，道：「你是讓我如燕昭王那樣去求賢？」

孔萇回道：「是，我是這樣想的。」

石勒說道：「憑孔萇你的文韜武略，不弱於常人，我就先拜你為我的賢能之士。」

頭一回見有人這般捧自己，孔萇心裡甚是愜意，但表面上連搖其頭，道：「不成，不成，我孔萇自知才不經世，所以投將軍麾下以來甘服其下，悉聽驅使足矣。不過，我倒知道一人，趙郡中丘張賓，字孟孫，知兵善陣，謀略勝我百倍。」

---

04 戰國時，燕王噲七年，即西元前三一四年，燕國內亂，燕王噲被殺，燕昭王繼位後忙著尋求治國人才，卻歷經三年而未得。有人提醒昭王去找郭隗商議，郭隗說有一位國君十分喜愛千里馬，聽說有個地方有賣，便讓侍臣帶著兩千金去買。可是當侍臣到了那裡的時候，千里馬已經病死了，侍臣就拿出一千金買了馬骨回來。昭王看了很生氣，那侍臣卻說別人聽說您千金買馬骨，還怕沒有人送來活的千里馬嗎？果然，不久就有人送來了好幾匹千里馬。郭隗說，大王如果想廣納天下賢才，可先從重用我開始。如若連我這樣平庸的人都能身居高位，天下賢士就不怕來了之後得不到重用。於是昭王拜郭隗為師，為他建造奢華的屋舍，各國賢人得知昭王真心納賢，紛紛前來求見。

渴望得到有才之士的石勒立刻說道：「何不速速召他來見？」

孔萇呵呵笑道：「他可不是說召就能召得來的。」

王陽道：「怎麼，他不願出山？」

孔萇道：「張賓倒沒有幽居。他除了辭職那陣子在家待了些日子外，就是遍訪明主，背著斗笠、手提一把長劍雲遊四方，行蹤無定，誰也說不準他此時身在何處。」

石勒嘆道：「不知道賢能之士是何人時，是不知道；知道了，又無法召他來。唉，這這這……我可是用人在即呀！」

緊靠在孔萇肩下的冀保，伸手胡亂揮動了一通，道：「請您和我說大概方位、路徑，待我去找他。不來，我把他捆來。」

石勒道：「冀保，休要說急話，聽孔萇的。」

冀保的頭往下低了低，緘默不語。

夔安道：「他召不來，就沒有別的人了嗎？」

孔萇道：「天下大才有的是，得慢慢找。」他撐眉思索半晌才仰了一下頭，說道：「先用程遐吧，冀州人，時常頭戴圜冠、身穿素長衣耕於田疇。年少時讀過庠序，學行修明，雖算不上飽學之士，但也極具才華，做個參軍、掾史之類的職事綽綽有餘。可使他先來管理城堡，以後量才擢用。」

石勒向孔萇點了點頭。

孔萇笑咪咪地道：「程遐有個小妹，生得姿顏姝麗，絕異於

眾，愛穿一件淡青色曳地長裇[05]，有輕盈飄逸傾城之美。將軍若有心納為妻室，孔萇可以牽線。」

石勒無心於兒女情長，問孔萇：「你說你不止一次到過此城，依你看，當從何處攻打為好？」

見石勒把話岔開，孔萇回道：「鄴城很大，有七道城門，除了北城二門外，從哪道城門進攻都可以。」

石勒道：「為什麼不可從北城二門攻入，那裡有甚凶險？」

孔萇道：「〈魏都賦〉裡有『北臨漳滏』句，二水會對進兵帶來不便。」他指了指身前的護城河，道：「環繞城牆的鄴城之水，引自城西北的漳水。漳水源長水大，從北面進兵萬一失利，退兵會受阻；退路受阻，死傷勢必增大，此非為將者用兵之上策。」

夔安朝南望著星光映在水面上的護城河，道：「東南西三面都可進兵這話，也過籠統了些。孔萇，你能不能為將軍謀劃出攻破此城的上上之策？」

孔萇道：「只能智取。」

石勒盯住孔萇，問道：「你的智……」

孔萇伸嘴緊貼石勒的耳朵，如此這般密語幾句，道：「我估計，司馬騰又晉王位，又封將軍，又改藩鎮，正得意忘形，怎會想到驟間兵臨城下呢？」

石勒點頭道：「有理，有理。」

05　亦稱輕裇，是三國魏晉時期時尚女裝。

第十二回　孔萇獻策打鄴城　汲桑慶功酬將士

※

　　按孔萇所獻之策，石勒與汲桑連夜差遣十六位長於廝殺的校督，分成四夥，除一夥扮作賣藝人從西門而入外，其餘三夥人全裝扮成商賈，各趕一輛二馬之車，裝載帛、布、鹽、耒、耙，把兵器雜於貨物之間，一輛跟一輛，揚鞭策馬朝南城中陽門馳來。到了城河邊的吊橋南端交換商品的集市，逯明、桃豹、吳豫、劉膺四人停了下來，靭住車叫賣起來；留下八人繼續前行過了吊橋接近城門，劉寶、郭敖、張噎僕、呼延莫四人藉故車輪摩擦響聲過大，把車停在一扇城門跟前，兩人上前朝守門的官兵一揖，打問如何才能找到工匠修理；郭黑略、張越、孔豚、趙鹿等人，驅車進得城門，在一條拐上城牆的梯道口歇下，從車上取些糍餅、炒豆，有坐有躺，邊吃邊數梯道口的守兵人數，做著按約定信號殺上城樓的準備。

　　城裡面的新蔡王、車騎將軍司馬騰，整日裡沉醉在受賀、宴飲的歡暢之中。這天旦食後，受過頓邱太守馮嵩的賀禮，司馬騰在廝庭置酒答謝，主賓飲得正歡，一個偵探一頭撞了進來，邊下跪，邊著急說道：「呃稟……稟殿下，呃呃將軍殿下大事不好了，反……反兵反來了。」

　　本想治偵探掃了酒興之罪，但見他說出「反兵」二字，司馬騰當下壓住一腔怒火，抖身站起來，道：「說，是何反兵？」

　　偵探抬一下頭，連在座幾人都沒有看清就又低了下去，回

道：「是公師……公師藩……」

司馬騰寬袂一甩，喝道：「什麼公師，公師藩，他早死了，退下！」

那偵探急道：「不是，是……是死了的那個公師藩的部下汲桑、石勒率反兵來襲鄴城，請殿下將軍看抵不抵抗？」

聶玄看見石鮮埋頭暗笑，馬上望了一眼司馬騰，轉身對偵探大聲斷喝道：「什麼『將軍殿下』，『殿下將軍』，你怎麼稱呼的？」偵探嚇得心慌身顫，只是囁囁地觸地叩頭，直到司馬騰又說了一聲「退下」，那偵探才謝恩倒退腳步出去。

從驚嚇中來到鄴城的司馬騰，覺得這下遠離了匈奴兵的侵擾，可以安享王爵之樂了，但今日瞬間生變，又使他吃驚不小，只是面對馮嵩，他強撐膽量，道：「是兩個什麼樣的人，敢來犯本王之鄴城？」

馮嵩道：「這汲桑原為茌平縣境皇家馬牧場之帥，後來投靠了公師藩。石勒出自奴隸，然其膽大勇武，不好對付，令太傅甚為頭痛。太傅說，西邊剛殺了一個張方，東邊就出來一個石勒，而這個石勒剛柔並濟，鋒芒凌厲，比張方更厲害，連太傅都煩惱要如何制服這個石勒呢。」

司馬騰看看眾人，嘆息道：「唉，怎麼這等強梁之人，都讓本王遇上了。馮太守，你看如何迎敵？」

馮嵩噓一口氣，道：「兵來將擋。」

第十二回　孔萇獻策打鄴城 汲桑慶功酬將士

　　說話間，又一偵探急馬飛來，說反兵從頓邱方向來，一路攻城拔寨，十分勇猛，司馬騰當即下令馮嵩且去阻擊一陣。

　　南城中陽門大開，城門裡戰鼓響處，衝出三隊兵馬，當頭一將便是馮嵩，次為張隆，後面的接應將領是周良。這三隊兵馬過了吊橋，打馬緊趕數里之遙，與汲桑兵馬前鋒相遇。兩軍各自列陣，射住陣腳。馮嵩執刀出陣，看一眼汲桑大將軍旗幟，破口大罵：「汲桑你這個叛賊，白馬津之戰，使你僥倖逃脫，今日本太守在此，還不速速把項上人頭拿來！」

　　汲桑緊走幾步從後面閃出來，道：「是拿本將軍人頭，還是取你太守的人頭，有待分曉。」轉身環顧左右眾將，道：「誰人與我拿下此兒？」

　　當下，身後閃出校督支屈六，躍馬出陣，叫道：「馮嵩小兒，且莫倡狂，待我先取了你項上人頭，再攻破城池斬司馬騰為我家主將報仇。」

　　馮嵩目光略一掃來將的武幀絳衣裝束，口說「無名小卒」，手執大刀與支屈六戰在一起，挨了支屈六一鞭，負傷逃走。

　　時刻預備出戰的張隆，眼見馮嵩敗下陣來，驟馬挺槍接戰支屈六。劉征等人正商議一齊圍上去活捉張隆，石勒也看見了仇人，身下坐騎又是石勒牧於上黨的烏騅馬，他當即打出一聲呼哨，烏騅馬聽了，嘶鳴著一縱一跳尥蹶子，把張隆掀翻在地，而後直奔石勒。石勒命侍隨的兵卒把馬牽過，手執畫戟，

指道：「張隆，不拘你記不記得，我可以使你死個明白，我就是幾年前被你枷押販賣的那一批奴隸中，與瘦小子同枷的匐勒。那時你打我一路，今日我只還你一戟。」說罷，伸戟刺向張隆咽喉，張隆疾速出槍來擋沒有擋住，撲通倒地身亡。

周良見勢膽怯，往城門裡退去。

在孔萇、支雄保護下的汲桑，趁此命傳令兵吹響海螺號，揮大旗引領將士向前衝鋒，直至鄴城南門。城門上的官兵見這情勢，大喊道：「絞起吊橋！快絞起吊橋！」

專候在吊橋南端的逯明、桃豹、吳豫、劉膺，抽出兵器將吊橋纜繩砍斷，放大軍過去，守城門的官兵大步跑來關閉城門，被劉寶等四人放的那輛馬車妨礙了關門扇的速度。守兵又叫又罵把馬車掀翻，藏在車上的兵器露了出來，劉寶他們抓起來一陣砍殺，守兵順街巷向裡撤退。郭黑略四人這時已經殺上城牆，將箭樓上向城下放箭的官兵殺散，汲桑大軍得以順勢突入。潛在西城金明門的王陽、夔安、冀保等人，聽到大軍入城的海螺號，一口氣衝上西城牆。石勒帶領騎兵也掩殺至三臺周圍，一陣亂箭，守臺官兵四處逃竄。王陽眾人占領了三臺，站在銅雀臺向下面喊話，敦促官兵投降。

有校尉將三臺已失的情狀傳告給新蔡王司馬騰，司馬騰登時大驚失色。適才馮嵩縱馬出戰以後，他惶遽召來僚屬聶玄、司馬瑜一干文武商議如何守城。有人當下叫起苦來，說道：

第十二回　孔萇獻策打鄴城　汲桑慶功酬將士

「將士吃不飽肚子，恐怕不好守。」司馬騰平時經常克扣將士糧餉，現在準備拿出米、布等發放下去，鼓勵將士上城死守，但已經遲了，很多兵卒無心戀戰，不待汲桑、石勒人馬殺到，早一哄而散。

丟了三臺，失去倚靠，司馬騰俯身一揖，拜託聶玄、司馬瑜保了妻兒先逃，自己胡亂換一身素服，命部將石鮮侍隨，乘快馬溜出北門。站在銅雀臺的王陽大聲告知下面，從司馬騰理事的廨庭那邊出來一夥人往北逃跑了，石勒當即想到是司馬騰，侍隨在身旁的部將李豐早飛馬追了出去。李豐快要追上司馬騰時，石勒也已趕到。石鮮與從事中郎嚴克在後面堵擋追兵。石勒見狀一戟刺去，石鮮左臂受傷，轉頭逃跑，嚴克被石勒殺死。李豐率幾十個兵卒迫近司馬騰，拈弓搭箭射中其後心，司馬騰翻身落馬。李豐上前一槍刺死司馬騰，砍下他的頭。

緊追在後的石勒下來馬，抬起一隻腳朝司馬騰的頭狠狠踢去，道：「作惡者的下場！」

殺了司馬騰，石勒等人總算出了一口惡氣。

待石勒從北門外返回，汲桑已將司馬騰的一批將領和前時來鄴城避難的官宦士人，綁在街頭斬了。這個殺戒一開，部伍中那些來自囚徒和被司馬騰掠賣為奴的將士，藉機復仇，見人就殺，很多無辜的百姓也在這種屠城[06]式的殺戮中喪生，死者一萬餘人。

06　指歷史上的十六國時期，種族部落軍隊或晉朝官兵攻陷一些城池或塢堡後的搶掠焚殺。在那個年代，勝者縱兵燒殺搶掠是慣例，是一種源於原始部落的屠殺行為。

※

　　在將弁武士的簇擁之下，汲桑與石勒登臨巍峨的銅雀臺。一臉和悅之色的汲桑，先看了看舒翼展翅的銅雀，然後看過臺上的庭宇和屋舍，轉身移步榭廊邊緣，手扶欄杆極目遠眺，鄴城內的那條東西走向的街巷，與街北部的文昌殿、聽政殿等一座座黛瓦紅牆宏偉華麗的宮殿樓閣、廨署庭舍，以及宮殿、廨署之西的苑囿，之東的戚里，之南的民居，一一盡收眼底，他不禁心潮湧動，感慨萬千：世事這般難以逆料，自晉以來，多為皇室藩王鎮守的這座重城，今日陡然為一個小小的馬牧帥所占有。唔，不妥不妥，功勞是眾將士的，應當說為全體將士所占有，他自興奮地問道：「是吧，石將軍？」

　　走過來的石勒，與汲桑並排站定，道：「我沒有聽清楚大將軍您說的是什麼。」

　　汲桑道：「我是說今日一舉斬司馬騰而拔鄴，全是將軍你與將士之力，當在此慶功酬勞。」

　　石勒謙遜一笑，道：「功歸大將軍率領下的全體將佐兵卒，石勒只是內中一員。」

　　汲桑也笑笑，道：「倒可以這樣說，可我心裡有數，沒有你與孔萇的韜略，沒有支屈六首敗馮嵩，沒有李豐殺死司馬騰，沒有眾將士捨命，這一仗恐怕不會這般順利。」

　　沒想到汲桑一開口就先誇起他和孔萇諸人來，石勒頻頻點

第十二回　孔萇獻策打鄴城　汲桑慶功酬將士

頭稱道汲桑以慶功宴的方式犒勞將士的想法。按照汲桑的授意，石勒命部屬把鄴宮中存放的成壇的稻醾搬出來，分發給各兵營，讓其暢飲，又把部分醯醴扛上銅雀臺。

慶功宴設在東漢建安十五年（西元二一〇年）初冬，曹操命兒子們賦詩讚美銅雀臺和後來宴請從匈奴贖回的東漢第一才女蔡文姬[07]及蔡文姬曾經演唱她的曠世名作〈胡笳十八拍〉的那座銅雀臺的庭屋裡。等所有將士與應邀而來的鄴城宿儒名流到齊，天已過晡時，石勒命侍兵在庭屋裡點燃了大燭。大將軍汲桑聳聳肩，軒眉致辭慶功，雙手捧著酒爵向攻克鄴城的眾將士敬酒，眾將士也舉觴與汲桑祝賀。

酒至半酣，汲桑指著左邊的王陽、支屈六一干將佐問石勒：「是他幾個教我攻破鄴城的？」

石勒則道：「是大將軍您指揮他幾個攻破鄴城的。」

汲桑甚是亢奮，道：「嗯，我指揮？我汲桑蓋過了司馬騰，哈哈哈，能蓋過司馬騰的是我汲桑也不是我汲桑。」他拍拍胸脯又哈哈大笑一陣，道：「可以說是我汲桑幸運地遇上了你們這些拚命殺敵的將士。」他端起几案上的酒爵站起來，晃著身子問眾人，道：「是不是這樣呀，嗯？」

眾將士齊呼，道：「大將軍英明神武！大將軍英明神武！」

汲桑笑著在地上轉了一圈，最後面對幾位名流賓客席地跪

07　東漢宮廷隨從官名士蔡邕之女，詩人，東漢末年嫁於南匈奴左賢王劉豹，後被曹操重金贖回。

坐飲酒的方向站，捧著手上的酒爵向前伸去，要向那些人敬酒。

看汲桑搖搖晃晃的，石勒說他代汲桑去向賓客敬酒，攙扶汲桑坐到原處，命侍兵端來湯水侍奉，又伸手讓幾位將士附耳過來，吩咐他們不可再與大將軍敬酒了。這幾位將士點頭應允，轉而向石勒敬酒。石勒端著酒爵稍稍抿了一口，把酒爵輕輕放下，抬腳朝一旁走去。

沒有多費周折就占領了鄴城，殺了司馬騰，卻不知何故，石勒今日的神情似乎沒有得勝的快意。方才汲桑面對跪坐的幾位宿儒名流的方向站定看時，他也朝那邊看了看，竟看見一位妙齡少女，端坐於這些人之中。她不大像一位德高望重之人，但憑什麼會坐到那個位置上去了呢？

沉思中的石勒被身後的嬉笑聲引得不覺回頭一瞥，見一些將士的目光直往宿儒名流那邊游動：他等也注意到了她？

石勒招手讓侍兵又為汲桑端來一卮湯水，服侍他慢慢啜著，才又轉臉凝視那位女子，覺得似曾在哪見過，卻又想不起來。他眨眨眼睛，從女子白嫩文靜的臉龐打量到她所著的輕袿，石勒頭腦裡倏忽浮現出一個人來 —— 就是孔萇說的程遐之妹，但她怎麼會到慶功宴上來呢？

這時孔萇向他身邊靠過來，微笑道：「您看見她了？」

石勒道：「她是誰？」

孔萇只是頷首微笑。

第十二回　孔萇獻策打鄴城 汲桑慶功酬將士

石勒道：「為何她要來這等場合？」

孔萇彎腰拱手，道：「我前兩天差侍兵去請程遐，恰逢他父親身體不適，買不到對症之藥，便帶了他小妹來這裡買。等他找到我的時候，參加慶功宴的人已經到齊。原想送她到別室等候，但她膽小害怕，我便自作主張讓她來到這裡，請將軍責罰。」

石勒噓一口氣，道：「不必自責，隨我去見見程遐兄妹。」

石勒來到程遐兄妹所在的几案邊，程遐使眼色約其妹雙手著地引背一拜，道過姓名，程遐又拍拍緊靠他的妹妹，說道：「這是小妹。」

隨了程遐的介紹，其妹微微欠身點頭，孔萇則出手止道：「將軍已盡知你們名諱了。程公，還不借此敬將軍酒，斟酒。」

程遐道：「我只顧說話了，就……」

其時侍兵已斟好酒，俯首恭候在一旁。程遐看了看，捧起一爵酒雙手奉給石勒飲下，如此連飲三爵，然後石勒主動邀程遐妹陪他飲。程遐妹憑女人特有的細膩，早已注意到了石勒在直直地看她，只是不知他就是大名鼎鼎的石勒。現在石勒不但來到了身邊，還要與她共飲，使她羞怯得低下了頭。程遐目光向下，說道：「家父管教甚嚴，從不允她飲酒。恐她不勝酒力，難盡將軍之興。」

石勒只道：「無妨，無妨。」

程遐妹見石勒沒有因程遐的婉辭而有作罷之意，又覺得能與石勒這樣的人物共飲，也是榮幸。她緩緩伸出白嫩的手端了

酒爵，抬抬頭，嬌聲道：「陪將軍飲，實不敢當。不過，蒙將軍高看，索性破戒與將軍飲下這一爵酒，以表敬意，不知將軍尊意如何？」

石勒舉爵一飲而盡。

孔萇這時與石勒頭靠頭說了好一陣子悄悄話，只聽石勒說道：「此事，不見前妻，不納後妻。」

孔萇忙低頭俯身，道：「將軍您這麼說，算我孔萇多嘴了。」

這時汲桑差侍兵過來，說：「大將軍命石將軍陪他同往各兵營走走，看望一下將士們。」

石勒起身向程遐兄妹深俯一禮，留下孔萇便走。

石勒陪汲桑走下銅雀臺，踏著夏日夜晚星空之下的土路轉進向東的街巷，人聲熙攘。來到劉寶兵營，將士們一簇一夥地就地暢飲，不時談論下一個目標當是攻打某個州郡，還是直接討伐晉朝的當政者太傅司馬越。從劉寶兵營出來，走進張噎僕兵營。這是一支騎兵徒卒混編的兵馬，營帳間燃著一個熊熊火焰的大油鼎，眾將士正一趟一趟地搬運刀、槍、弓箭等兵器。

看到這等士氣，石勒高興地問一個肩扛兵器的兵卒，道：「爾等這倒忙起下一仗的預備來了？」

這兵卒一手攏住肩上扛的兵器，一手抹去面頰上的汗水，道：「稟將軍，小人是兵，兵要湯足飯飽，兵刃要好，戰馬能跑，上陣不逃，殺敵一個不能少。」

第十二回　孔萇獻策打鄴城　汲桑慶功酬將士

汲桑問他這幾句話是教的，還是自編的。這兵卒回答是張噎僕說的。

汲桑從馬牧場帶出來的幾位部將和支雄、呼延莫來大帳進見汲桑，請纓攻略相鄰州郡。冀保和郭黑略像兩團烈火，高挺胸脯說要像殺司馬騰那樣把晉朝一個個藩鎮守土之臣殺光，隨後直入京師洛陽取天下，為我們的大將軍弄個皇帝坐坐。

作為統帥的汲桑，他非常希望趁此盛氣再下幾城，便道：「真個是英雄出少年，一張嘴就想把天下拿到手，可是方才那些將士搶財掠物之行爾等也看到了，還能一個一個殺下去嗎？」

汲桑沒了主意那樣頓住，把目光移向石勒，石勒道：「我以為應撤出鄴城。」

汲桑點頭道：「你速傳令下去，撤。」

臨走，汲桑命人把鄴宮焚毀，率領部眾撤到鄴城之南，傍山紮下營寨，汲桑問石勒道：「你看這下一步當如何行動？」

石勒沒有急於回答，看向夔安，夔安見支雄正好過來了，說道：「不知道支雄怎麼想，我看兗州離此不遠，當出兵先打苟晞，洗雪白馬津喪師折將之辱。」

此時守門兵卒報告孔萇在帳門口求見，汲桑允他進來。孔萇向汲桑、石勒行禮後，道：「是當乘勝先攻苟晞，然須得師出有名，才能鼓舞士氣，所攻皆克。」

石勒道：「孔萇之見甚當，可不知借何名出師為妥？」

孔萇沒接話，望向汲桑。

第十三回

兵敗赤橋汲桑遇害 路走上黨石勒倚漢

第十三回　兵敗赤橋汲桑遇害 路走上黨石勒倚漢

　　石勒也隨孔萇的視線望去，望見汲桑讓侍兵把送來的飯食先放到一邊。

　　是時汲桑下掩眼皮安坐案後，瞬間有兩具屍體在他眼前一閃而過。頭一具他認識，是公師藩。第二具從未見過，從披散的長髮和死人臉相往下看到脖頸上勒的一條麻繩，想起偵探說過司馬穎是田徽用麻繩勒死的，才恍悟是司馬穎，他啪地一拍大腿，道：「有了。」

　　石勒問道：「將軍，什麼有了？」

　　汲桑道：「師出有名了。」

　　石勒站起，道：「以為成都王殿下報仇之名討伐司馬越？」

　　汲桑道：「你也這樣想？」

　　石勒微笑道：「我的想法來自孔萇。孔萇說殿下已去，人心還在，才想到這一招。」

　　孔萇站起來參禮，道：「以為成都王殿下報仇而進兵，含有兵以義動之意，必能獲得眾多將士的支持。」

　　汲桑道：「那就打這個旗號。」

　　怎樣奉迎藩王棺柩，他們既不通曉古禮，又沒有經這等事情；想履行春秋沿襲下來的古禮，又不知怎樣才合乎禮制，於是按自己對成都王殿下的敬意選擇了一些可行的方式進行。於是乎，汲桑、石勒帶了一哨親兵，來到成都王司馬穎墳塋，設禮器擺祭品進行祭祀。汲桑恭敬俯身一揖，雙腿一屈跪下叩拜

尹祝[01]，道：「今汲桑興兵到此，乃為討伐大奸大惡者司馬越，以報殿下無罪被戮之仇。故欲迎王柩於軍中，凡征戰之事，先稟告而後施行，以勉勵將士衝殺仇敵之士氣，願殿下恕汲桑擅移王柩之罪。」

祭告罷，汲桑命士卒掘開墓穴取出棺柩，依禮儀排了藩王儀仗器樂前，邊引領來到軍營，汲桑、石勒率眾又是一番鄭重而有序的致祭。自此，日夜差人守柩，朝夕供奉酒漿飯食不絕。鄴城周圍許多懷念司馬穎恩德的士族百姓，也三三五五或來送爵盤、俎豆、簠簋之類的禮品，或自帶「三牲」[02]祭品來祭祀，或來加入汲桑部伍。一連十餘日的祭祀活動，將士們戰志振發，便決定出兵兗州。汲桑自統中軍，命石勒為前鋒，用一輛二馬之車專載成都王司馬穎棺柩同行。時值永嘉元年（西元三〇七年）盛夏時節，大軍在河水岸邊集結南進。晉廷獲悉此消息相當滯後，過了數日，偵探才發現了這支條忽而來的勁旅，乘快騎報入京師洛陽。

循例聽政殿堂的晉懷帝司馬熾，聽了這一緊急稟報，霎時現出一臉驚恐之狀。這是司馬熾弟承兄祚以來的第二回緊急軍情。頭一回，得到偵探的稟報，是汲桑、石勒攻破鄴城，殺了新蔡王司馬騰兩天之後的事，這一回又落在汲桑、石勒大軍動身之後，氣得他瞪著憤怒的眼睛，問道：「敵方多少兵馬？」

---

01 古代祭祀主持人用的辭。
02 牛、羊、豬。

第十三回　兵敗赤橋汲桑遇害 路走上黨石勒倚漢

那偵探跪在文武兩班朝臣前面，一點也不敢抬頭，回道：「單騎兵驅馳彈起的塵埃，升在河水上空就很長很大一片，數量來的不少。哦不，不是不少，是好幾萬之眾。」

司馬熾道：「你是何滯緩落在敵方起兵數日之後才報來？」

那偵探渾身顫抖，微斜起眼看劉輿。他是劉輿心腹，自是想讓劉輿出面為他進言講情，以寬赦失職之罪。

劉輿雖已官拜侍中，進入朝班之列，可那晉懷帝司馬熾知他是太傅司馬越黨羽，對他並不信任，所以自酌若言不見用，反不如不言。司馬熾已發覺偵探向劉輿暗遞眼色，當即怒火中燒，喝道：「武士安在？」見下面廊內出來四個武士跪下待命，他出手朝下一指道：「此等碌碌無能的偵探要他何用，給朕押出去斬了！」

武士們將那個偵探拖出殿門，還在氣頭上的司馬熾，大聲問道：「這個偵探是誰舉薦的？」等了一下子，面前兩班文武臣僚低頭皆不作答，司馬熾才又說道：「汲桑、石勒率眾南來，是耳目閉塞不知其情，還是知情不報？」

殿堂內靜悄悄的，靜得連呼吸聲都聽得到。司馬熾站起，道：「爾等都是軍國重臣，是何沒一人在意國之安危、民之生存呢？照此下去，人頭掉了，只怕還不知道是怎麼掉的！」頓了頓，他移目直盯司馬越，問道：「太傅你說，面對強敵，差哪位將領將兵抵禦？」

列班在前的司馬越前趨幾步，深深一俯，奏道：「可就近命兗州刺史苟晞為都督，將軍王贊為副都督，提兵北出禦敵，以緩眼下之急。」

司馬熾道：「太傅所薦正合朕意，速命二將統兵赴戰，退朝。」

※

苟晞、王贊兩人將兵十萬之眾，行至陽平地界與汲桑、石勒所率兵馬相遇。苟晞傳令剛紮下營寨，守門侍衛領了前鋒瞭哨小校撲進大帳，往苟晞面前一跪，稟道：「敵將石勒在營外搦戰，請令定奪！」

副都督王贊朝苟晞一拱手，要自出迎戰，恭立在帳的將軍周純上前參禮，道：「不勞王都督大駕。人說此賊驍勇，那是過去未逢強手，使得他目中無人，自來叫陣，待末將出陣斬之。」

苟晞道：「你可去，但不能輕敵。」

周純冷哼一聲，道：「諒他也吃不了我！」

周純擐甲提刀，搭腿上馬，統領本部幾千兵馬高調出陣，苟晞、王贊與一班戰將掠陣。

今天石勒是拿著十二分精力來搦戰苟晞的，想與他一決高下。出戰前，偵探報說苟晞受命前來阻擊大軍，已在前面不遠處紮營。一聽又是苟晞，孔萇、夔安、支屈六三人爭相請纓要

第十三回　兵敗赤橋汲桑遇害 路走上黨石勒倚漢

戰苟晞。汲桑見三人爭執不下，便說先使石勒打頭陣，孔萇、
夔安、支屈六同到陣前待命。石勒在司馬穎棺柩前拜了三拜，
策馬出營，畫戟橫擔在馬鞍上，兩眼直盯晉兵營門，但見出來
的並不是苟晞。石勒想，我先把來將殺了，看他苟晞出戰不
出。他也不管此將何人，執戟刺去，不消兩個回合就將對方刺
於馬下。晉兵陣中復來一將，石勒何等了得，一戟揮出，那晉
將未來得及還手也被戳死。石勒大喊道：「苟晞老兒，若不怯
陣，就親自出來與本將軍戰上三百合，見個高低。」

　　石勒身後的孔萇一干將士，也嗷嗷大叫，道：「苟晞出來，
苟晞出來。」

　　苟晞始終沒有露面。

　　聽聞官兵那邊戰鼓已停，預知將要鳴金收兵 [03]，但汲桑唰啦
一聲抽出腰間佩劍朝前揮去，喝道：「殺！」

　　這一聲「殺」，聚集在陣前的大軍一往無前，衝入晉兵陣
營。晉軍瞬間大亂，敗退回營宿之地。

　　陣前連失二將，首戰告敗。苟晞擔心士氣受損，傳來副都
督王贊商議穩定軍心之策。王贊道：「我從彼軍的叫陣聲中覺察
到，其將士是帶著斬殺新蔡王的勝利來的，今日一戰又占了便
宜，露出傲倪氣色。有傲氣必不做防備，今夜領兵劫其營寨，
或可幸得勝局，不知都督以為可否？」

03　中國古代鳴金收兵的「金」，是一種銅製樂器，名鉦。敲鉦以傳達軍令，意味戰鬥
　　停止。古人擊鼓進兵，鳴金收兵，這裡指用鉦下達命令，止鼓兵退。

苟晞神情甚是鬱悶，盯視王贊半晌，方道：「王將軍所析有理。」

經過仔細策劃，苟晞傳令左右兩位先鋒張佐、李興，當夜各領本部人馬去劫汲桑軍營。二將等到半夜砍開汲桑大營寨柵直衝進來，快殺到中軍大帳了，汲桑、石勒才從夢中驚醒，急命將士抵抗。汲桑領王陽、支雄幾位將校，在營中竭力抵住張、李二人。石勒見這情勢，領了一支兵馬殺出周邊，從背後夾擊劫營之敵。石勒心念一轉，頃刻想出第二種戰法 —— 他趁夜不備來劫我營，絕不會料到有兵來劫他營，我何不偷襲苟晞兵營呢？當下石勒勒馬調頭，驅兵晉營。是時，東方還未大亮，晉兵只道自家人馬回來，毫無防備，竟被石勒殺至都督帳前，苟晞、王贊惶恐上馬集兵禦戰，但是已經來不及了。石勒縱兵大殺了一陣，方始回馬，半路遇見了張佐、李興二將，兩廂裡仇敵相見，又戰在了一起。那李興措手不及，被孔萇一槍刺死。張佐嚇得不敢去救李興，趁隙逃脫，與苟晞、王贊整頓殘兵退至平原縣[04]，擬表奏請朝廷增兵馳援。晉懷帝司馬熾親覽奏表大為不悅，召司馬越和王公大臣來到殿堂，把苟晞奏表朝下一扔，道：「看看吧，太傅不是說一群烏合之眾，會一擊即潰嗎？但時下潰敗的不是汲桑，倒是苟晞。」

司馬越跪下，道：「是臣愚魯不敏，低估賊眾，臣知錯。」

04　在今山東平原西南二十五里的張官店。

第十三回　兵敗赤橋汲桑遇害 路走上黨石勒倚漢

　　司馬熾怒道：「知錯有什麼用，朕命你速帶三萬兵馬往援，如有遲延誤事，朕定不饒你。」

　　司馬越打了個寒噤，道：「臣遵聖諭，這就領兵出發。」

　　司馬越低頭彎腰倒退三步轉身離開殿堂，到校場點了兵馬出了京師，心裡畏懼石勒之勇而東去駐兵官渡[05]，差使奔往陣前督戰。苟晞只得提兵進至陽平，與汲桑、石勒兵馬對峙。兩軍在曠日持久長達三個月的交鋒中，大小三十餘戰，互有傷亡，勝負未分。

　　季秋的夜風掠過廣闊河灘林木的梢頭，簌簌作響。晉兵營裡的幾位將佐，躡手躡腳來到王贊大帳，剛開口訴說對苟晞的怨言，苟晞即衝進帳門，指著他們，道：「什麼畏懼不戰，我苟晞是那種人嗎？我在外面聽王將軍說不是畏懼不戰，是時機不到，還是王將軍知我。你們呢？連王將軍的話都聽不進去？」

　　王贊欠身，道：「都督息怒，請上座。」

　　苟晞坐到王贊讓出的座位上，看著朝他跪下的這幾個人，道：「你幾個給我聽好了，如果有誰膽敢拿畏懼不戰的話在下頭亂說，本都督我見一個斬一個，見兩個斬一雙，下去！」

　　幾個將佐齊聲說道：「是。」站起身來唯唯諾諾而退。

　　苟晞，字道將，為官練達果敢，治兵嚴苛。苟晞從母有一個兒子，從母求他用為將軍。他說用人之道因任而授職，像胞

05　在今河南中牟東北。

弟這樣的低能之輩，他「不以王法貸人」。後來從母再三請求，苟晞不得已用為都護。任職不久，其弟果然犯法，判為死刑。從母折節下跪請求留她兒子一條性命，苟晞根本不理。待行刑問斬的那天，苟晞穿一身素服，眼含熱淚，走到胞弟跟前且哭且語：「殺都護者兗州刺史，哭弟者苟道將也！」

苟晞嗜殺成性，每以酷刑治兵治民。在他出任青州刺史期間，幾乎天天都要殺人行威，百姓稱他為「屠伯」。吏卒和百姓對他，又敬又畏又恨。

西晉末年，苟晞確是一員能征善戰、威名赫赫的戰將。也許太傅司馬越就是看中了這一點，與他結為兄弟，令他領重兵征討汲桑、石勒。極善用兵的苟晞感到，既然不能很快勝敵，索性下令堅營不出，待彼自衰之後再進兵。

這一招，是他根據汲桑、石勒沒有根基可據的弱勢想出來的。朝中一些大臣將他久戰不勝之狀，上表奏知晉懷帝司馬熾，司馬熾立刻差使來到軍前宣諭詔旨，責備他怯陣不進之罪。如果兩旬之內不見剪夷寇賊奏表報來，就自來京師伏誅。苟晞當面屈膝下跪恭敬接旨謝恩，事後仍然堅持己見，每天只派出一堆偵探，窺探對方動態。

碰上這等狡黠多詐的對手，熬得汲桑、石勒他們失去了耐心，忍不住今天遣趙鹿，明天差支雄，天天差遣一員校督輪番叫陣搦戰。而苟晞這一頭呢，那邊越急，他這裡越穩，還是不發一兵一卒。

第十三回　兵敗赤橋汲桑遇害　路走上黨石勒倚漢

連續數日苟晞都不見王贊，今日一早把王贊叫來大帳，道：「可以出戰了。」

王贊也看出汲桑、石勒已是支撐不下去了，問道：「都督看出取勝的機隙來了？」

苟晞道：「那汲桑、石勒天天遣人叫陣，據此推測他們已是糧盡兵疲。懈弛之兵，怎能擋得住我大軍掩殺呢？」

王贊淡淡一笑，道：「是該到了讓朝裡那些同僚閉嘴的時候了。」

苟晞讚許地點點頭，一面差人送信給太傅司馬越，約定出兵時日；一面下戰書給汲桑，決定明日會戰。汲桑接到戰書，於次日黎明聚來將士，跪到成都王司馬穎棺柩前稟告後，親率兵馬出營列成陣勢，苟晞大營的先鋒張佐騎馬前來挑戰。汲桑道：「你非本將軍對手，速叫苟晞出來。」

張佐叱道：「苟將軍先帝勳臣，怎可會你這種草寇莽將！」

一句話惹惱了旁邊的夔安，一馬衝出去戰張佐，那張佐招架了一下就落荒而逃，汲桑揮兵殺入晉兵營壘，卻是空的。他眼望那座空營，對石勒說道：「敵兵不是糧草畢盡，便是朝中出了大事，已自撤退，掩殺過去！」

他的判斷顯然錯了。石勒雖沒出聲反對，但逡巡不進，汲桑倒順了張佐逃跑的方向追去。石勒怕他中計，飛馬趕了不遠，前面戰鼓咚咚，喊殺連聲，司馬越領了十幾員戰將潮湧般

衝來，為首大將正是苟晞。汲桑已是力疲氣索，不敢厮殺，命石勒斷後，領了部眾火急朝本寨奔去，而那營寨早被王贊領兵奪去。逢此急變，汲桑、石勒唯有拚命一搏，率領將士衝殺一陣，人馬失去了近半。

戰情急轉直下，汲桑命將土把司馬穎的棺柩藏進一口枯井，帶了部眾經過東武陽縣[06]直奔清淵[07]。從後面追來的苟晞、王贊驅兵將這座斗大的縣城包圍，各兵營與官兵厮殺大半夜，天明時逃出城外。剛穩住陣腳，旁邊喊殺聲大作，汲桑他們又奪路前跑，被廣平太守丁邵截擊於赤橋。石勒知道自己兵馬已經太累太餓了，不好勝丁邵，招手叫來孔萇，道：「我把大將軍交給你，速去叫上支雄扈了他朝東南撤退。」

孔萇揮舞一杆長槍一陣奮力厮殺，轉馬來到石勒跟前，說道：「將軍，您得去擋那丁邵幾合，不然他和他的護軍賴大那幫人橫捲過來，我們的兵馬只怕剩不下多少了。」敵將又殺來了，石勒朝孔萇面對的方向一斜，說道：「你只管去扈你的，這裡有我！」

只顧吩咐孔萇去扈汲桑，沒防住丁邵的槍已經刺到胸前，把石勒驚出一身冷汗。慌亂中，石勒抓住丁邵回槍的空子出戟刺去，丁邵招架不住敗下陣來。賴大執戟衝上來，冷笑著說道：「前時那一戰讓你逃了，這一回看你往哪裡跑！」石勒此時非常

06　縣治在今山東莘縣西南朝城鎮。
07　此時治所在今河北館陶西南清淵城。

第十三回　兵敗赤橋汲桑遇害 路走上黨石勒倚漢

急躁，用力又猛，呼地一戟揮出，賴大斜轉馬頭退過一邊去，石勒這才急轉身，又催孔萇道：「快去！快去！」

孔萇應了一聲：「是。」

※

話說石勒陣前惡戰丁邵，王贊所率劫營之眾又繞到背後偷襲上來，石勒命跟隨在側的張越、劉膺、逯明敵住廣平郡的兵馬，自己來戰王贊，還想憑了他的一支畫戟奪回營地。他狠狠一夾馬腹，朝一干侍衛護隨的王贊猛衝了過去。只見王贊的手朝身後一招，一下子湧來上百鐵騎，將石勒圍在中間。石勒打了個冷顫，遂定神暗想烏雛馬還有沒有力氣馱他出去。騎在青鬃白驃馬上的王贊，上下兩頭尖的棗核形長臉高仰一下，齜牙笑道：「石將軍，除非你長上翅膀，否則只有投降。」

不能等死，得絕地反擊，石勒揮戟一連挑翻十餘個王贊的護衛武士，殺將出來，可他的兵馬已是死的死、散的散。他當下明白，這一仗不是勝敗易勢的事了，是徹底的敗了。按他指給孔萇的方向去找汲桑，又不見汲桑，返回陣地一直找到第二天，也沒有找到，反見苟晞的大批兵馬從前面返來，不得已，任馬馱著懵懵懂懂西奔。遇見一騎，騎在馬上之人，嘴裡哼著詩句。本來馬頭朝石勒這邊平穩前走，但不知為何倉皇返轡拐入一片樹林，陡使石勒起了疑心。他一撥馬頭加鞭趕上，叱道：「什麼歹人，站住！」

這人面如土色，下得坐騎，訥訥答道：「我我，我過路人。不期冒犯了將軍，望乞恕罪。」

石勒覺得此人有些不對，問道：「適才你還頗有興致哼唱，這時候怎麼這般發起抖來？」

這人道：「兄弟田蘭教了幾句他隨便編的小曲，山道孤單，胡唸幾句壯膽。」

石勒看住他，道：「隨便編的，唸來聽聽。」

這人眼瞟石勒唸出聲來：

> 士為將軍何所羞，
> 六月重茵披豹裘，
> 不知寒暑斷他頭。
> 雄兒田蘭為報仇，
> 中夜斬首謝并州。

已經看出這人在遮掩手中木匣，等他唸完，石勒才出手指著，問道：「你木匣中所盛何物，打開讓我來看。」

這人道：「是是……是先人骸骨，回茌平歸葬。」

回茌平怎麼會反方向走？石勒越覺得其中有詐，跳下馬奪過木匣一看，當下就像頭頂猛地響了一個炸雷把天崩塌了一樣，將他唬蒙了。石勒兩手顫抖著翻動一下，從已經變成青黑的臉龐上的隆鼻寬顴，石勒認出匣內人頭確是大將軍汲桑。惱得他放下木匣，反扭住這人一條手臂，逼問道：「照實說，是誰把他殺了？」

第十三回　兵敗赤橋汲桑遇害 路走上黨石勒倚漢

原來，在赤橋突圍之時，汲桑在孔萇的扈從下血戰多時脫身出得重圍，不見了孔萇，也望不見石勒，身邊沒有一人相隨。他邊擦濺在臉上的血汗，心想不如重回馬牧場，隨手勒一下馬韁，往茌平方向而來，身後卻猝然響起了喊聲：「捉住汲桑！捉住汲桑！」

汲桑聞之一驚，望見一支兵馬朝他猛追上來。

這支兵馬是那年跟隨并州刺史司馬騰東來冀魏之地就食的流民組織起來的乞活軍。他們探知汲桑、石勒一舉攻克鄴城殺了恩主司馬騰，一直尋機報仇而尾隨到這裡來了。汲桑單槍匹馬，比乞活軍大隊人馬靈活得多，東繞西拐甩掉了追兵，奔至樂陵[08]已近日暮。見一捲曲鬚髮大漢在路旁草地放牧，觸景生情，想起馬牧場舊業，汲桑駐足觀看。那大漢走過來彎腰相接兩手前拱深揖一禮，道：「將軍不在兵營，何故獨自到此？」

汲桑愣看了那大漢一陣，拱手道：「你認識我？」

那大漢道：「將軍貴人，自然不識草野賤役。小人複姓乞活，年輕時在赤龍牧馬，與你相鄰，怎會不識尊顏呢？」

一臉喪氣樣子的汲桑，沒多想，沉鬱地嘆了嘆氣，把兵敗赤橋逃奔至此的事說了出來。那大漢很是同情汲桑困境的模樣，把汲桑帶到說是他牧場的地方，酒食奉進。汲桑飢困之人，見食見酒，大吃大飲，邊說誓雪報仇，邊站起身來前俯一

08　此時在今山東惠民東。

46

揖，道：「謝你酒食相待。他日復起，當用你為大將，以報今日之誼。」

那大漢躬身回敬一禮，道：「小人一不是公族枝葉，二沒有先輩功德蔭庇，生來命薄，恐怕沒有那個福分。」

汲桑哈哈大笑道：「只要有我汲桑的復起，便有你的福分。」前走幾步望望門外，問道：「我的馬還在外面吧？」

大漢問道：「將軍要往哪裡去？」

汲桑道：「回茌平馬牧場。」

那大漢道：「天黑路遠，你又孤身一人，怎可走得。如不嫌敝處簡陋，歇一夜再走如何？」

汲桑眼望屋角草鋪，感慨道：「不拘住處好壞，也只一夕之宿，謝謝好意。」

那大漢道：「不必客氣，小人願將軍睡好。」

黃夜子時，那大漢趁汲桑鼾聲不息熟睡，朝他胸部猛砍了一刀。汲桑平素多是枕戈待旦，今夜飲酒過量，昏昏沉沉睡去。此刻身中一刀，始覺有人行刺，伸手取劍抵抗，枕下卻沒有劍，慌著就要躲閃，被那大漢復加一刀……

被石勒扭著手臂的這人撲通跪倒，招出他是乞活將領田甄，為新蔡王司馬騰報仇殺了汲桑，他憤然說道：「我原想提了人頭去許昌太傅那裡請賞，不想反落到你手裡，今只有一死以報殿下，你殺吧！」

第十三回　兵敗赤橋汲桑遇害 路走上黨石勒倚漢

　　石勒仇恨的目光閃動一下，揮劍結果了田甄的性命，在土丘刨坑掩埋了汲桑人頭，恭恭敬敬地跪下叩頭，道：「仇人已殺，大將軍安息吧。」

　　歿了汲桑，石勒很是傷心難過，眼前總有汲桑牛叢塊栽馬、馬牧場馴馬、招兵買馬和起兵執旗揮師攻打鄴城的影子。走出一截路程，石勒又下馬朝背後埋葬汲桑人頭的地方磬折下身待了良久，道：「大將軍，待裨將有了安身之所，再來看您。」

※

　　石勒重又上馬前走，路過涉縣[09]一處村落打問路徑，村人說往那邊去是樂平[10]。石勒知道樂平離家鄉不遠，就去那裡且駐幾天，打聽老娘和妻子下落。其時有的人打量他，問他是不是上黨羯部大的人。他本來對羯部大來了興趣，又怕有什麼詭詐，以反問口氣說道：「羯部大，誰是羯部大？」

　　鄉邑之羯人，本性多誠少譎，把羯人張訚督、馮莫突聚眾上黨的事如實相告。石勒聽罷，什麼話也沒敢說，施一禮謝過，調轉馬頭順著往上黨走的路而去，想要見見這兩位山大王。策馬來在他們的山寨前，石勒駐足抬眉上望，但見這裡巍峰峭拔，崇山峻嶺縱橫，林木密生，不覺讚道：「好一個占山

09　西漢置，治所在今河北涉縣西北。
10　東漢置，在今山西昔陽境內。

為王之地！」贊罷，石勒下馬招手喚來把守寨門的兵卒，自告名姓通稟進去，張䚡督、馮莫突雙雙出帳迎至寨門。

張䚡督對石勒，只知其名而未見其人。一出寨門，張䚡督盯住石勒直直地看，心說果然英武雄健不俗。石勒也多看了張䚡督幾眼，見他厚道面相，八九尺來高的粗實個頭，和在涉縣邊境鄉民說的毫無兩樣，像早有幾分熟稔那樣，把右手往胸前一貼，行一羯禮，道：「久聞部大威名，今冒昧造訪，尚望多多見諒。」

極為豪爽的張䚡督也還一羯禮，哈哈一笑，道：「有什麼好見諒的，吾等羯人天下一家。」隨之躬身前彎，做出一個讓的手勢，道：「請進去敘話。」

跟隨在側的馮莫突前趨一步也行一禮，命侍兵將石勒的馬牽去餵了，轉身把他擁在中間，自與張䚡督陪在兩邊進來大帳，敬為上賓落座。石勒謙讓不就，張䚡督強行把他扶到座位上，道：「本寨草創年餘，草舍陋座，甚是不雅，真有點過意不去。」

石勒很感滿足，道：「有部大這份爽快、熱情，以同族兄弟相待就夠了。」

馮莫突道：「過去有人說別看這上黨之地貧山瘠壤，但它地脈好，會出人才的，我還不相信呢，現在出了你這樣的人物，我相信了。我們早把你石將軍看作上天派來拯救羯人的頭一號

英雄了，部大和我怎敢怠慢呢？從探馬報說你和你的大將軍一舉破鄴，殺掉司馬宗室一個王，吾等就認為你了不起，還預備與你聯絡東西夾攻，再做幾件大事，可是……可是……」

馮莫突不好意思說出口的話，石勒倒接上了，道：「可是我敗了，走投無路。」他低下了頭，只是嘆氣。

於此情形之下，張鵠督衝門高喊一聲，命侍兵送酒食上來，實則是怕馮莫突再說什麼有礙石勒心情的話，便道：「我從探馬報來的戰情，得知你和汲將軍這一仗之敗，敗在兵卒太勞累了。以勞累兵卒去對陣苟晞的蓄銳之師，你才被打敗了。但勝敗乃兵家常事，這一回敗了，下回興許就勝了，你切勿過分傷悲。」

張鵠督目光一轉看向馮莫突，馮莫突接道：「是呀石將軍，一時之勝敗，只是一時。論成敗，能笑到最後才算最終的勝者。」

石勒道：「這我能想到。我是在可惜我的將士，可惜大將軍，他們可都是爹娘生養的。我自己也落得無地可據，孤身流亡。」

張鵠督道：「自古打仗沒有不死人、不失地的，人得向前看，不要再去想它了。若不嫌簡陋，這個寨就是你的了。」

石勒呼的一聲站起來便往門口走去，參禮道：「我再沒處容身，也不會來搶別人的地盤，告辭！」

這下慌得張鵠督、馮莫突連忙施禮勸阻，說他等是把石勒

當作一家人，才說出一家人的話的，絕無不能相容之意。

客主兩方一方要走，一方苦勸挽留之間，一干侍兵端了酒和飯食稟報一聲進來，隨之又來了幾位陪飲的小頭目，張訇督一一介紹，道：「我已吩咐將大小頭目都召來與石將軍相見，你怎好捨眾人情誼而去？」

眼前的情勢讓石勒看出張、馮二人確是出於至誠，方還身回來，謙恭拱手揖禮，道：「是我石勒不好，和兩位部大賠禮了。」張訇督把石勒扶起，說自家兄弟賠什麼禮，與馮莫突恭請他入席，為他接風洗塵。

一席盛宴，石勒當下感受到了一種亂世中的平靜與情誼，雙方情感漸深，三天兩頭邀石勒看寨防、械鬥騎射，石勒手癢癢的時候，也露幾手，寨兵們看了都肅然起敬。

住了幾天，石勒已對山塞虛實有了大概了解，而張訇督、馮莫突則還想讓他看一下山寨攻防戰略的具體，帶著他往山頂走去。石勒問道：「聽聞上年劉元海來人，想與部大合縱伐晉，部大是何不易幟從漢呢？」

張訇督很坦率，笑笑道：「我自在慣了，不想受那份約束。」

石勒道：「不願受制於人，我能想到。可你只有這麼大的地盤，官兵一旦來攻，有何方略可以拒敵守寨？」

張訇督仰起臉遙指周圍，道：「山寨西有尚子、屯留，北有武鄉、樂平，東邊是涉縣、武安，南面一直通到山陽，那邊都

第十三回　兵敗赤橋汲桑遇害 路走上黨石勒倚漢

是大山。平素主要防範南北兩面：南面晉兵北來，我可聯絡樂平張伏利度共同禦敵；北面并州刺史劉琨來攻，我往南面大山裡鑽。可以說，這裡守有障，退有路，占有地利之優。時下正與六縣縣令來往接洽互不侵犯。這一步走通了，地利人和就都有了，沒什麼可怕的。」

石勒呵呵笑道：「你還真有些兵家眼光，地利人和都有了，可有一點，天不假時。」

張䜣督心裡清楚石勒在說什麼，淡淡言道：「恐怕當朝天子還沒有那個精力。」

石勒道：「我上山的時候，看過此處地勢。要是半年之前，你的看法不謂無理，官府也無暇派強兵來攻。如今不同了，諸王權力紛爭的亂局過去，權歸一統，那司馬越有精力統兵征討被他視為聚眾造反對抗朝廷的叛逆，不會有更多的日子容你繼續盤踞在這裡。」石勒一斂笑容，道：「他調並、司、兗諸州之兵多路來襲，張伏利度也受圍困，你孤立無援，又如何守？如何退？」

張䜣督、馮莫突兩人互看對方一眼，過了好一陣子，馮莫突收回視線約張䜣督與石勒順東側坡面回返，問道：「石將軍既然想到這些，或許已有良策，望能賜教於吾等。」

石勒抬腳蹬了蹬旁邊的一塊岩石，道：「說不上賜教，只是從山寨兩千多兄弟不喪命於敵方兵刃之下慮來，不如舉上黨之

眾西附劉淵。劉淵禮賢下士，必見重用，唯你們決斷。」

張䛒督粗魯漢子，沒多少智略，全憑一股蠻勁統率部眾。聽了這些他只張了張嘴，沒出聲轉視馮莫突。馮莫突道：「吾等上年拒其請，今不請西去恐不見納。」

石勒站住搖頭，道：「你們也太小覷劉淵了，他可是個雅量大、志氣高之君。漢國初立不久，現下正是用人之際，你帶兩千兵馬過去，對他可是求之不得的事。」他眼睛張、馮二人，很果斷地道：「你們別猶豫了，這事包在我身上。」

在張䛒督沉吟之際，石勒微笑著問道：「怎麼，你不是懷疑我在說大話吧？」

張䛒督道：「石將軍，你誤會了。我只是在想把我的名字改一下，改得聽起來和你像親兄弟一樣，在漢王那裡會被另眼相待。」

石勒笑道：「這個容易，那就叫石會吧，你我一姓。」

張䛒督道：「那我就叫石會。」

石勒帶著兩人來見漢王劉淵，守衛兵士稟報進去，劉淵心中大喜，帶著劉宣、劉宏一文一武和一干侍衛親自迎至門外，一一見過禮。

見劉淵鄭重相迎，張、馮二人原有的擔心自是不復存在，跟在石勒身後進來漢國殿庭。劉淵與三人稍事敘談後，升臨王位詔諭三位來將聽封，道：「封石勒輔漢將軍平晉王，封石會

親漢王，封馮莫突為都督部大。」

　　三人一齊跪下，拜道：「臣等謝大王隆恩。」

　　劉淵煞是謙遜，走下王位問三人還有什麼想法。見三人都搖頭沒說什麼，他對馮莫突道：「上黨是塊要地，命你仍鎮守上黨，你看如何？」

　　馮莫突恭敬施禮，道：「蒙大王厚愛，莫突聽憑差遣。」

第十四回

石勒館舍放刺客 王彌京師犯天闕

第十四回　石勒館舍放刺客　王彌京師犯天闕

只是漢王劉淵有些憂慮，說道：「但現下你是孤軍作戰，若張伏利度能成為漢臣，你就不孤單了。」

馮莫突躬身行禮還要說些什麼，門外有人響亮喊了一聲「報」，隨見內侍拔腿撩帷出去，頃刻領了一人進來。石勒望了一眼，見來人頭戴卻非冠[01]，腰間佩劍，當下想起方才進宮門時看到的門吏。門吏趨步向前朝漢王劉淵跪下，道：「奏稟大王，樂平義軍頭領張伏利度來朝覲見，在王宮門外候傳。」

劉淵仰著疑惑的臉想了一下，道：「張伏利度那邊有事了。」

劉宣問道：「大王估計他受到晉兵圍剿？」

劉淵道：「孤數番遣使相召他不來，今不召自來，若不是求援，他會這般主動嗎？」

劉宣道：「不要見他。」

劉宏目光一瞥劉宣，即轉向劉淵，道：「不見，不夠義氣。讓他進來看看，能援則援，好歹他也是一方義軍。」

劉淵點點頭，抬起一隻手將要吩咐下去了，聽見石會說他不是來求援的。劉淵邊把抬起的手往下放，邊問石會：「你怎麼說不是？」有些緊張的石會先望了石勒一眼，道：「是石勒將軍說服他來的。」

石勒不想把這事說出，向石會搖頭，道：「不可胡說！」

劉淵道：「石會將軍，孤命你說，把你所知道的都說出來。」

01　門吏、僕射所戴之冠，其制始於漢，至唐沿用不衰。冠卻非佩劍者，為當值門吏之形。

石會應了一聲，道：「石勒將軍路過上黨，稱便回故里一境去尋他娘又沒尋見，東轉去了樂平，才有了張伏利度誠心來歸。」

劉淵轉問石勒，道：「你以何妙計遊說他西來？」

石勒低頭嘆息一陣，屈腿跪伏下去，回道：「此事還是不說為好。」半晌不見劉淵出聲，只好一拜又說：「在這件事上石勒行事很不光彩，沒臉在大庭廣眾之下重提。如果堅持要聽，須請大王先恕石勒無罪，方敢以實奏聞。」

劉淵道：「你還不是漢臣之時，便為漢國勸來一員大將，何以能說是罪呢？」他起身下腰去扶石勒，道：「好，孤恕你無罪，可以了吧？」

石勒行禮站起來，道：「我進入張伏利度所轄地界，撒了個謊，對他下面的一個小頭目說我赤橋兵敗西去漢國，因說話粗野被趕出左國城，無路可走而來投張將軍。那小頭目差人快騎報進營寨，張伏利度信以為真，派親兵將我接到寨裡，優禮待承。隨後兩人各敘年齒，我拜他為兄，結為異姓兄弟住下來。」

劉淵哈哈大笑，道：「因為這個謊而說自己有罪？」

石勒道：「大王是個善納豪俊之君，我那樣編，自感有損您的名聲。」

還在笑著的劉淵說道：「撒一回謊，能為孤召來一員大將，孤寧願你多撒幾回。」

第十四回　石勒館舍放刺客　王彌京師犯天闕

　　在場眾人聽了這番確有過人雅量和誠懇的話，都隨了劉淵笑起來，唯有石勒沒笑，他趁這種輕鬆的氣氛敘述了勸張伏利度來歸的細節：張伏利度是烏桓人，擁眾兩千，占據樂平之地。石勒到了他營寨沒過幾天，張伏利度命他率眾出掠臨近郡縣官府和塢堡富戶，石勒表現得勇武能幹，部眾畏服。有一天，石勒帶了所掠財物回寨，趁張伏利度出帳迎接之時，當即抓住他的兩隻手，喝令兵卒將他捆綁後，站在帳門正中問部眾，道：「今欲與眾將士大舉反晉攻略周邊郡縣，我石勒與張頭領誰更適合為領兵主帥？」

　　部眾們高呼道：「石將軍！石將軍！」

　　石勒呵呵一笑，轉向張伏利度，道：「眾將士願意奉我為帥，我倒以為難以自立，試問兄長有何理由不依附漢王？」

　　張伏利度已被綁住，並且想想自己勇武膽識確在石勒之下，連石勒這樣的人都不能自立，自己坐守樂平一城，又如何能長久存在，便道：「為兄我算服你了。」

　　石勒又是呵呵一笑，走過去親自為張伏利度解去綁繩，甚是謙遜地深深躬下身去施禮，說他不該這般對待張伏利度。張伏利度背過臉去看別的地方，不接受這份道歉，石勒只好跪下，說道：「多有得罪，小弟向兄長賠罪了。」張伏利度這才按石勒之意前來拜見漢王。劉淵命內侍傳出口諭，宣樂平義軍頭領張伏利度覲見。

被召進殿堂的張伏利度跪地下拜，劉淵離座走下王位伸雙手去扶他，道：「將軍什麼話都不用說了，孤都知道了，你請起。」

張伏利度又與石勒、石會、馮莫突過禮坐了。劉淵也不計前嫌，拜張伏利度為將軍，又加石勒都督山東征討諸軍事，連同石會、馮莫突和張伏利度所屬兩支部眾悉數配給石勒節制。

※

石勒、石會、馮莫突三人剛熄滅燭光睡下，聽得門上輕微響動了一下。石勒起來開門朝外一邁腳，一把劍從門外右側刺來。石勒右臂隨了劍鋒來勢半旋一擋，下面一腳飛出將刺客踢倒，復出手捏住他的咽喉。這時屋頂上又跳下三人，手執利刃圍了上來，石勒喝道：「你三人若再前邁一步，我就將他捏死。」

被捏住咽喉的刺客說了一聲「退下」，那三人後退幾步停在那裡。石會、馮莫突操劍出來，伸劍就要挑去刺客臉上蒙的布。石勒見刺客抬手往臉上按去，馬上意識到刺客不願露出他的真容，便道：「且讓他蒙著吧，日後殿堂見了多不好意思。」

馮莫突問道：「你知道他是誰？」

石勒道：「你我到此不足一天一夜，哪裡知道他是何人！」

馮莫突道：「那就不存在什麼日後朝堂見了不好意思的事了。」

石勒道：「我也只是這樣想。許是他一時衝動而來，日後少不了在朝堂見面。」

第十四回　石勒館舍放刺客 王彌京師犯天闕

石會道：「待我問問他，為什麼來行刺。」

石勒出手擋一下，不讓石會追問。

馮莫突則出劍頂住那人胸膛，道：「報出你的名姓，是誰派你來的？」

刺客不說話，馮莫突虎起臉，道：「是不是劉宣差你來的？」

那刺客的咽喉被捏，用力哼哼了兩聲，道：「我不是來行刺，是想來試試三位將軍的武藝。」

馮莫突道：「你還嘴硬，半夜裡蒙面執劍刺人，這不是行刺是什麼？如果不是石將軍武功高強，他已死在你的劍下了。」

站在身旁的石會猛揮一下劍，大叫：「別聽他胡扯，結果了他算了。」這樣的叫嚷，慌得那三人腳步向前移動。石勒沒有多想那三人接下來會做什麼，只是勸石會放刺客走。既不用知道他是誰，也不要問他受誰指使，就當沒發生過這件事。

刺客從地上爬起來，撲通跪下伸手去解蒙臉布，道：「石將軍既然這般義氣，我也不能這樣走開了事，總得讓爾等知道我姓甚名誰，在大王面前也好奏劾。」

石勒撥開他的手，道：「我說過了，我不想知道你是何人，去大王面前彈劾也不是我的興趣，你與你的人大可放心好了。」

見石勒揮手催他走，刺客拜道：「謝將軍饒恕吾等冒犯之罪。」

行刺之眾越牆而去，馮莫突躍上牆頭悄聲跟去回來說：「那些人去了劉宣府第，進了門，跪下說實想殺殺他的狂傲，反讓

他殺了我幾個之威。」

石會問道：「劉宣如何說？」

馮莫突看了看石勒，道：「劉宣搖頭嘆氣，說話聲音很低，聽不清。」

石會道：「看出那人是誰嗎？」

馮莫突道：「他的頭一直低著，沒看出來。」

石會轉向石勒，道：「這下清楚了，主使者是劉宣。石將軍，我看若於此容身，必得奏劾劉宣。」不見石勒吭氣，石會向馮莫突示意想讓他說話，馮莫突搖了搖頭，石會又朝向石勒，道：「如若不想招惹劉宣，我們這就走，先回山寨再議。」

石勒晃了晃身，寬慰兩人，道：「不用想那麼多，安安穩穩住下來任他差遣。」

也很有氣的馮莫突道：「不成，不成。你想跟他相安無事，他劉宣會依你的想法行事嗎？」

石勒順門望著外面淒迷的夜色，道：「我以為會的。他差人行刺的把柄捏在你我手裡，眼下他最怕你我在大王面前奏劾追究他的妄行。我方才已經明告那四人，只要以後不節外生枝，此事到此為止，便是讓他幾個傳話給劉宣，劉宣會好生想想我這話的用意。」

石會思索一陣，道：「你是說一段時日之內，他不會再來加害？」

石勒道：「是，不會。」

61

第十四回　石勒館舍放刺客　王彌京師犯天闕

馮莫突對石會道：「且住一段時間看看吧，吾等根底硬了，他劉宣幾個即便再欲相欺，也得思量一下。」

石會不置一詞，朝馮莫突點了點頭。

※

次日，漢王劉淵賜宴石勒，以彰他單人匹馬召來張伏利度之功。丞相劉宣遵照劉淵吩咐，將石勒、石會、馮莫突、張伏利度都請到殿堂簷廊之下的酒宴上。張伏利度到得最遲。他往侍兵指的座位上坐的時候，說道：「我這人有個毛病，換了地方不好睡覺。夜來又有你馮將軍在外面走動，我一夜都沒有睡好。嗯，馮將軍，外面的腳步聲好像不只你一個人吧？」

沒防住張伏利度會問這事，馮莫突忙看石勒和石會，見兩人搖頭，他哦了一聲，說道：「可能是丞相派人往館舍有事吧。」

石勒從劉宣直在躲閃馮莫突的眼神看出，他非常害怕劉淵察覺出夜來之事。石勒知道馮莫突在影射劉宣，怕他們再往下說會露了馬腳，便舉起酒爵朝向張伏利度，道：「估量大王今日也不會馬上派給你什麼差，小弟陪你飲幾爵，飲到八成醉樣，送你回館舍睡個夠。」

尷尬之中的劉宣見坡就下，端起酒爵，說道：「大王讓我陪眾人多飲幾爵，來來來，飲。」劉淵看一眼劉宣，也端起酒爵要與眾人共飲，忽有偵探騎馬奔來，報說今有青州飛豹來依附漢王。

劉淵很清楚，飛豹即王彌。

在洛陽做人質時，劉淵與王彌過從甚密，常在一起識鑒世事，論道言治，至今劉淵還常向劉宣、劉宏說起王彌讓他學河卵石的事。劉宏問學河卵石什麼意思。劉淵說自那次飲酒洩憤受到齊王司馬攸的奏劾以後，王彌怕飲酒再惹禍事，就帶他縱馬京郊觀賞伊闕風物，憑弔崤底古戰場，還去看奔騰咆哮的河水。在那裡，王彌一邊撿拾河卵石，一邊說劉淵的事他都知道──劉淵的不被重用不單是族類不同，更因為他性格剛直，成了一些臣僚眼中的「傲胡」。王彌對劉淵說你看這些大大小小的河卵石，圓滑光潤，任水沖移，沖移到哪算哪。眼下你的身分擔不得是非，京師這地方如今時局又遷流奇變不穩，若不能學河卵石因隨適安，圓滑處世做人，還會有像司馬攸那樣的人說他野性不改，怕有不測。劉宏聽了劉淵的這些話，當即說王彌對劉淵也算得一位體己之人，若能召來麾下為將，那可是幸事一件。劉宣看看劉淵，問道：「把他召來吧？」

劉淵道：「聽聞王彌在那邊聚兵反晉，只怕不肯屈就漢國為臣。」

現在，聽了偵探的稟報，劉宣、劉宏勸劉淵熱情禮迎。劉淵點點頭，放下酒爵即差伺候在側的御史大夫為使出郊迎接王彌，說道：「王彌良將，孤慕之已久。今聞他轉攻洛陽不遂而來，孤甚盼甚盼，已親往客館拂席洗爵敬待故人早臨。」

第十四回　石勒館舍放刺客 王彌京師犯天闕

　　王彌，東萊 [02] 人氏，出自官宦世家，其祖與父都曾官至太守。王彌本人崇文尚武，知兵略，擅騎射。光熙元年（西元三〇六年），趁各地饑民遍起的風雲際會，率領家丁追隨惢縣縣令劉柏根起兵造反。劉柏根任王彌為長史，攻戰中為苟晞所敗，劉柏根被殺。王彌潛入長廣山糾集亡散數千，軍勢復振，在青州、兗州諸地流竄劫掠，屢敗官兵，人稱飛豹。越年，又一位英雄仗劍而起。他是陽平人劉靈，出身寒微，勇猛過人，力能制服奔牛，跑起來可與快馬相比，人稱大力將軍。他恨英雄無用武之地，拊膺而嘆，道：「老天爺何意，莫不是令我劉靈造反不成？」公師藩起兵後，劉靈招兵買馬，自稱將軍，寇掠趙魏，所攻皆克。未幾，被晉將王贊戰敗，便與王彌聯合，領兵數萬向南攻略，沿途每下一城，凡縣令以上均斬殺。被晉廷捧為倚重之將的苟晞，再次領兵復出征討，也被打得元氣大傷，無力抵禦這兩位雄傑的鋒芒。而在此時，留守青州的苟晞之弟苟純，處理庶政中以殺行威，殘害暴虐百姓比苟晞還屬害，民謠日：「一苟不如一苟，小苟毒過大苟。」苟晞由此藉口青州有事，偃旗息鼓敗退回鎮守之地，王彌、劉靈二人得以從間道順勢突入許昌。偵探把許昌失陷的消息報入朝廷，驚得晉懷帝司馬熾當即召來太傅司馬越，命他派兵征剿。司馬越位在輔君，卻不行王道。他此際忙於固位制權，沒有把皇命當回事，只發

02　今山東萊州。

了一道檄文，號召各征、鎮、州郡吏員將兵馳援京師洛陽後，就集中精力謀劃如何抑制威名日盛的苟晞去了。

苟晞誅公師藩，敗汲桑、石勒、王彌的幾多勝仗，甚為朝野所仰望，司馬越十分擔心苟晞將危及他的權位。長史潘滔發覺司馬越心裡的隱妒，便單獨進見他，道：「殿下憂慮苟將軍之盛嗎？」

司馬越驚了一下：這潘滔識破了我的心思？遂強自鎮定，微微一笑，道：「亂世匪患多，本王憂慮青州東有海盜，西有頓邱魏植聚眾五六萬寇掠兗州，所以日夜不安。」

潘滔早知道司馬越意欲排擠苟晞，問道：「殿下何不使苟將軍去治理青州呢？」

司馬越非常看重兗州這個地方，但自己又不直說，只道：「那兗州呢，兗州不空缺了？」

潘滔明白司馬越是把誰來鎮兗州的話留給他來說的，便道：「臣以為殿下當自領兗州牧。」佯作沉思停了一下，他抬眼看向司馬越，道：「兗州是洛陽東面要衝之地，曹孟德創業於此。苟將軍素有大志，又有超世之武，但他不是一個純臣。在當今時勢遷流演化中倘若生出些奇變來，誰來與之抗衡？誰又來臨危救主？為京師安危想來，苟將軍不適宜久鎮兗州，當由殿下自領，經緯諸夏，藩衛國朝，這才是防患於未然之道。」

司馬越不是沒有想過防範苟晞，但他是想一步步削弱苟

第十四回　石勒館舍放刺客　王彌京師犯天闕

晞，除掉他，便道：「本王沒有想那麼遠，先看看眼前吧。」

司馬越辭退潘滔，便自為丞相，領兗州牧，都督兗、豫、司、冀、幽、並六州諸軍事，加苟晞為鎮東大將軍，封東平郡公，領青州刺史，都督青州諸軍事，苟晞無奈奉調去了青州。

永嘉二年（西元三〇八年）五月的一天，晉懷帝司馬熾設朝詢問阻擊王彌、劉靈戰情，恰有一名探馬趨步進殿跪倒在地，報說王彌、劉靈之眾來犯京師，前鋒兵馬距轘轅關不遠。司馬熾聞此急報，問司馬越：「太傅，朕不是命你差遣精兵強將圍堵去了嗎，怎麼反朝京師來了？」

班列裡一位臣僚出班，回道：「太傅已經發檄文徵調兵馬進剿去了。」

司馬熾對這等不顧朝規場合搶在司馬越之前說話的亂象極為生氣，怒容滿面，喝道：「你既然知道，快奏稟上來，從檄文發出至今多少日子了？應召而來的有幾路？領兵將領又都是何人？帶了多少兵馬？此刻戰情如何？」

那臣僚被問得一臉茫然，道：「這……這個臣……臣說不清。」

司馬熾重重擊一下几案，響聲駭得那臣僚撲通跪伏在地下，渾身顫抖，在殿其他文武僚佐也都心神慌慌低下了頭，不敢看聖顏。憤怒的兩眼還直盯在那臣僚身上的司馬熾，道：「說不清你多什麼嘴，押下去囚禁待審。」

殿前武士把那臣僚拖起來，刀擱在他脖頸上押了出去。司馬越這時跪下，他剛辦妥統領兗州牧的權力交接，還沒來得及過問發出檄文之後的更多情況，而且見有人替他回了話，司馬熾不會問下去了，現在看出司馬熾的氣全是朝他發的，便說道：「是臣沒有早來稟奏，有偵探報說涼州刺史張軌差遣督護北宮純領兵來援，已臨近潼關 [03]，其他的援兵估計也已在路上。」

　　司馬熾見司馬越向兩邊瞟視，想他又在暗使哪個臣僚出班進言，但兩邊沒人敢出班列，便問道：「養在京師那麼多將領做什麼用，為什麼不差遣他們將兵前往？」

　　司馬越道：「臣想等外援之兵到了再出，那時可一舉殄滅王彌、劉靈之眾。」

　　這就更激怒了司馬熾，氣得他嘴唇哆嗦著連不太長的黑黑的小鬍子都有些顫動，怒道：「等他們來，朕早成了匪寇之俘了。」

　　司馬越上望一眼，道：「吾皇洪福，憑他一股匪寇又能怎樣？」

　　諸多事情讓司馬熾想不明白，他沉默著，暗視下跪在地的這位以揆百事的太傅司馬越，他怎麼總是這般無視皇命、無視敵情呢？進剿汲桑、石勒時，他說幾個流竄小寇，不值得動用大兵，後來差使持節催促，才領兵出屯官渡，臨軍陣前。今日許昌須臾失守，匪寇又從許昌北發來犯天關了，他還在忙著因

03　東漢置，故址在今陝西潼關港口鎮東北，此時移至今陝西潼關東北古桃林寨地。

第十四回　石勒館舍放刺客　王彌京師犯天闕

私制權，遲遲不調兵遣將禦敵……看見門吏突然告進趨至殿心跪下，司馬熾問他又有什麼急事。門吏說外面來了兩路偵探，都說寇賊快到轘轅關了，他不知道要不要讓偵探進殿稟奏，且讓他們候在宮外了。司馬熾聽了，生氣地讓門吏退下，隨即下頦一斜兩眼盯住司馬越，道：「太傅聽見了吧？」

司馬越應道：「聽見了。」

司馬熾扶案站起，道：「聽見了，還不速速遣將帶兵阻擊去！」

半天才見司馬越的頭擺動一下，施禮道：「臣謝恩領旨。」

司馬越起身退出殿門，回到廓庭，立命司馬王斌帶五千甲士出守轘轅關。王斌參禮領命，提兵南去。

先前王彌曾遊於洛陽數載，對洛陽內外戰守關隘險道已是了若於胸。聽往來探馬報說司馬越差遣王斌屯守轘轅關，自然清楚此關在洛陽東南轘轅山上，山路盤陀甚是險要。他使劉靈去關前叫陣搦戰，自帶兵馬五千隱在關後。王斌領兵出關，劉靈接戰廝殺，關上鼓鉦之聲驟起。王斌顧望之際，一騎校督奔來，報說匪首王彌趁機奪了關隘，正從關上殺來夾攻王斌。王斌奮力突圍出來退保京師洛陽，王彌率眾兵不卸甲溯潁水而上也到了洛陽，屯兵津陽門外。

王師之敗，洛陽城內頃刻人心慌亂，還有的準備避兵出逃。司馬熾下令緊閉城門，又召來司馬越命他退敵。司馬越不

禁慘然，半天拿不出一策。司馬熾見司馬越行事緩慢，防堵無方，把他斥退，詔命王衍都督征討諸軍事。

此時王衍已官授太尉之職，金章紫綬，爵秩一品。他聽了詔命，跪下拜道：「臣王衍怎堪當得此任？」

司馬熾道：「我朝歷來實行責隨位行，職位高者責重。你身居太尉，此任你不擔當誰擔當？」

王衍道：「臣擔也可以，當在太傅主持之下而行。」

司馬熾寬袂甩動一下，道：「這是我朝立國四十年第一次遭到來自宗室之外叛逆勢力的侵犯，眼看要被攻破城門了，還推辭什麼？朕命你速去點將出兵，為朕掃除寇難，靖匡京師。」

彷彿很有些為難的王衍，停了半晌才勉強受命，北宮純所帥的涼州援兵也恰好趕到，王衍不讓他休息，率領他的部眾登上城牆防守。王彌探聽到是根本不識兵戈的王衍督兵，竟沒把他放在眼裡。第二天領兵搦戰，津陽門吊橋落處王斌、北宮純並響殺出，相繼殺來的是北宮純在涼州兵中挑選出的百餘名勇士，一手持盾，一手揮刀，既砍人，又砍馬腿，以一當十。劉靈力氣雖大，碰上這種砍刀馬隊，有力也使不上。他和大將王桑約來幾個部將，排列起來領了兵卒猛衝上去，敵方又反撲砍來，將士們死傷不少。眼前景象，讓王彌覺得這樣戰下去必然失敗。他就要下令撤退時，王衍派出來的左衛將軍王秉又從東邊夾攻過來，王彌抵敵不住，敗退數十里。休整半個月之後，

第十四回　石勒館舍放刺客 王彌京師犯天闕

傾巢出動再攻洛陽，撇開津陽門繞至東城建春門。晉懷帝司馬熾站在東城建春門頂的傘蓋之下親自督戰，官兵士氣大振，拚殺非常勇猛。王彌、劉靈之眾望風畏懼，已是兵潰心散，王彌只好率部北渡河水來投漢王劉淵。在迎接他的漢使引領下，很快進入離石，劉淵果然在客館敬候他的到來。二人見面禮畢，互敘別後之事，一直到星斗滿天。

次日早朝，漢王劉淵降旨封王彌為司隸校尉[04]加侍中之職，封劉靈為平北將軍，王桑為散騎侍郎。

王彌、劉靈、王桑伏地叩拜謝恩。

04 守衛京師的軍職官員，晉朝時品階很高。

第十五回

漢王淵出兵略並土 劉刺史遣將援壺關

第十五回　漢王淵出兵略並土　劉刺史遣將援壺關

　　在盛情接待過王彌等人之後，劉淵的精力轉到了攻略晉朝之地擴大自己的疆土上來，召來劉宣、劉聰、劉曜、劉宏、劉景和新近來附的石勒、王彌、劉靈一干人等，謀劃經略四方大計。侍中劉殷、王育奏道：「大王起兵以來，時已年餘，仍偏守一方，王威未震。離石之地，西臨河水，東綿山川，又有汾澮之阻，利於割據，不利拓疆外圖。大王今已兵多將廣，如能命將四出，決計大舉，梟劉琨，吞晉陽，下河東，建帝號，再鼓行而南，攻取長安為都城，用關中士馬席捲洛陽，這可是昔日漢高祖蕩平強楚、開啟漢朝鴻基之道，大王何不鑑而行之。」

　　丞相劉宣耳聽兩人說話，默自屈指數算商、周、秦、漢而成帝業，皆以西北為基略地東南，始有天下，奏道：「以長安為都，再寇略洛陽而取代晉，此乃大王向來之志啊。」

　　這番話，是劉宣怕新來的石勒、王彌、劉靈幾人小看劉淵，有意這樣說的。劉淵的腦袋也很聰明，向劉宣點點頭，道：「孤早想一統寰宇，恨力不足也！今眾將來輔，開啟鴻業有望了。」

　　列班在殿的王彌雖然點頭稱許劉殷、王育之見，卻說出了另一層意思，道：「事情還不能操之過急。以現實而論，晉廷賈后亂宮、諸王爭權雖造成的內傷已深，國勢極弱，然古人有云：『百足之蟲，死而不僵。』你們所說的下長安，攻洛陽，方略不錯，但須權衡時機與實力而後行。」

　　此際的石勒有自己的私心，他想往河水之北去，說道：「晉

陽劉琨實為我心腹之患，幽州王浚聯盟鮮卑、烏桓，又無時不在伺機攻我離石。以我酌來，若想南向用兵，必得先剪除劉、王兩鎮勢力，以去背疾之憂。」

劉淵是一位寬濟待人善納忠諫之主，他綜合幾個臣僚之議，決定三面出擊：楚王劉聰與侍中王彌南出太行，直取洛陽；輔漢將軍石勒與劉靈等東略燕趙[01]；前將軍劉景北伐劉琨。他說罷轉問劉宣，道：「這樣可以吧？」

劉宣沒敢說別的，只道：「大王所遣甚當。」

漢王劉淵朝外伸了一下手，領眾人來到校場登上鼓車，擂鼓為南東兩路大軍壯行。這兩路大軍於永嘉二年（西元三〇八年）七月末領兵走後，自與劉景率五千之眾來攻晉陽。劉淵親自出馬，是擔心劉景輕敵冒進，重蹈上年在板橋城阻擊劉琨北上赴任之戰中吃了敗仗的覆轍。他們一路沿汾河小心隱蔽而進，但早有探馬將此情形報給了并州刺史劉琨，劉琨率領郝詵、張喬兩位將軍與部眾埋伏在瓜衍一帶，再次擊敗了漢軍。

原先，劉淵及其麾下諸將把劉琨視作文人帶兵，不會布陣打仗，經此兩仗下來，感到晉陽非近期可取，遂放緩了對北面的略地拓疆。劉淵喪氣回師，心想東南兩路會傳來捷報。哪知他還沒有回到離石，偵探向他報告說南進的劉聰已先一步敗退回國。

01　古代指燕國和趙國所占之地，即今河北大部。

第十五回　漢王淵出兵略並土 劉刺史遣將援壺關

那天劉聰領兵到了河東[02]，偏與從洛陽班師而回的涼州將領北宮純撞了個正著，涼州兵人人奮勇，個個當先，片刻之間殺死漢兵數百人，劉聰不敢戀戰，收兵敗回。

南北兩路出師無功，令劉淵有些失望，但他又覺得是兵家常事。劉淵無論是種族歧視之下過著低人一等的生活，還是在京師做人質，都使他這個匈奴貴胄子弟懂得了困境過去會有轉機的道理，所以他對跪在面前請罪的劉聰、王彌二將道：「人走路尚有路面不平磕絆跌倒的時候，跌倒了，爬起來拂掉身上的灰塵再走，直至走到要去的地方。征戰也像人走路，仗打敗了，整飭兵馬再打。」

看見一人在門外晃了一下就過去了，劉淵命內侍去看一下外面走過的可是丞相，傳他進來。片刻之間，內侍領進來的正是劉宣。劉淵看看他，笑道：「你不必擔憂，慢說這點小小的挫折，即使打輸了半個家當，孤也不會趴下。」

劉宣是來為劉淵寬心的，在門外聽到他說的話，自嘲地微搖頦下長髯笑了。這時候他站在劉淵的目光直視之下，俯身行禮，說道：「老臣知大王自會遣煩悶，不至一蹶不振，只是來看看，沒有別的。」他抬抬頭，睇視下跪的劉聰和王彌。

其時，劉淵向內侍伸了一下手，那內侍前趨一步，問道：「大王，什麼事？」

02　今山西西南部，唐朝以後泛指今山西全境。

劉淵沒有答話，自去攙扶劉聰、王彌，道：「你們起來，聽老丞相有何教誨。」

劉宣道：「不不⋯⋯不敢不敢⋯⋯老臣哪有什麼教誨。老臣想諫大王暫且緩攻洛陽，先取平陽；東路探馬報說石勒將軍在上黨迂迴，待擺脫了堵擊之兵，方可東出太行。照此看，不先掃平沿途之敵，大軍受阻，餉秣運送也不好通過。大王，您看如何？」

劉淵道：「你是不是覺得孤不應該出兵洛陽？」他半轉臉龐看一眼劉聰、王彌眾人，道：「爾等亦如丞相看法嗎？」

這麼一問，嚇得面前眾人撲通撲通跪倒一片。跪在前頭的劉宣更是誠惶誠恐，戰慄不止，道：「老臣⋯⋯老臣知罪。」

劉淵哈哈大笑，雙手攙起劉宣，道：「一句戲言，倒把爾等嚇成這個樣子。」

劉聰、王彌一干人沒有劉淵的發話，誰也不敢自行站起。劉淵抬手虛扶他們起來之後，正中站定，大大誇獎了一通直言進諫的劉宣，將他扶到座位上，要彎腰俯首謝忱他為國而諫的赤誠忠心，感動得劉宣兩眼含淚又跪倒，表示萬不敢受大王之謝，劉淵笑笑作罷。

到了這年仲秋八月，趁著秋高馬肥，楚王劉聰、侍中王彌重整旗鼓，率眾攻打距離石最近也最礙漢國向外用兵的平陽郡所轄之地，輕出奇兵占領了蒲子縣，旋即提兵向東直攻平陽

第十五回　漢王淵出兵略並土　劉刺史遣將援壺關

城。駐守這座陶唐古城的晉朝平陽郡太守宋抽，聽到攻城的喊殺之聲早嚇昏了，迷迷糊糊領了幾名親信直朝西奔。他的部將大叫道：「那邊是向我方衝來的漢兵！」

宋抽呆愣一下，道：「啊，漢兵，有漢兵，快跑！」

宋抽就這樣棄城南逃而去。

劉聰、王彌如願取勝，留下部將出榜安民，又督兵撲向河東郡治所禹王城。河東郡太守路述派遣在外的探馬奔回城向太守報告：「稟報郡守，宋抽逃走，平陽失守，漢兵向我方撲來，頃刻就到。」

路述聞此軍情，破口大罵宋抽好不仗義，逃就逃吧，連地緣相連的鄰郡太守都不敢相告一聲，若上天保佑他路述僥倖殺退漢兵，回到朝中必奏劾宋抽臨敵不戰逃走之罪。路述氣狠狠地拍案站起，道：「把主簿、記室、各掾曹統統給我叫來。」

伺候在旁的侍衛，提著心覷一眼滿臉黑鬚的太守，弄不清他是吩咐誰去叫的。一想，這屋裡除了太守便是自己，當下拔腿奔至各屋，催促眾人來到太守理事廨庭門外。路述這時已是全身戎裝，穿著革履的腳一抬踏出門來，即命護軍等人分頭募集兵卒、百姓數千人，出城搦戰。

在野地紮營埋鍋造飯的楚王劉聰，讓將士飽食完畢，命王彌出營去看看，王彌返來，說道：「河東太守領將士和一大群手執農具的百姓，在營外叫陣。」

劉聰笑道：「看得出，這路述倒有些守土之臣的職分，敢來叫陣，比宋抽強。」

王彌道：「我看他也不過做做樣子，免得落下臨陣脫逃的口實。」

劉聰道：「不拘他真心守土，還是做做樣子，我用騎兵出戰，不能讓他像宋抽那樣跑掉。」

劉聰命騎兵將領劉勳率匈奴鐵騎驅入對抗的敵兵陣營，路述的徒卒和百姓嚇呆了，手拿兵器不知道該如何抵抗。路述把手中長矛一揮，喝道：「發什麼呆，衝呀！」

這一聲，鼓舞了兵卒和百姓士氣，嘩的一聲衝上去了，但全都倒在漢軍騎兵的砍殺之下。憑了一股狠勁來戰漢軍的路述，硬著頭皮又戰了幾個來回，力盡殉職。

漢軍趁勝南擊，直達蒲阪縣城。劉聰與王彌騎馬跑到河水邊，放眼眺望了一陣只有一河之隔的重要隘口潼關，才返來擬表報捷。

得了平陽，劉淵從離石移都蒲子城，聲威大震，上郡四部鮮卑陸逐延、氐酋單徵等部眾，紛紛上表劉淵，表示偃武止戈，卑辭事漢，劉淵大悅。

※

東去的石勒、劉靈統率七千兵馬離開離石走到伊是 [03]，前

03　古地名，在今山西安澤東南。

第十五回　漢王淵出兵略並土 劉刺史遣將援壺關

哨將領押了三個人來見石勒。這三人看見石勒跪倒納頭便拜，說自己是火爆子冀保兵營的兵卒。赤橋敗散，冀保領了劉寶、張越和百餘名將士，重上臨水落草，以搶掠地方官府為生。近日，風傳石勒西去歸附漢王，冀保就急躁起來，張越也吵鬧著要去追隨石勒，兩人辭別劉寶，帶領幾個親兵上了路。

在漢王劉淵駕前，石勒一再進言強調劉琨、王浚北面之患，就是想出兵北來收羅失散的將士。這時候聽到三位十八騎兄弟的名字，石勒激動得跳下馬來，招呼三人起來問道：「你說的冀保、張越二人安在？速領來見我。」

三人道：「方才一隊官兵來搶劫吾等的乾糧，發生了打鬥，他們攜帶乾糧朝那邊逃去了。」

石勒轉身看了一眼，命劉靈將兵馬原地紮住，復踩鐙上馬飛也似的追了去，追上兩人。別後重逢之情，自不待細述，但有一點令石勒感到奇怪——上黨武鄉縣南邊濁漳河岸的山丘上，有一支頭領叫石勒的石勒軍，築寨據守，對抗官府。石勒問冀保道：「這是你路過上黨聽說的？」

冀保道：「是。」

張越補充道：「是幾個賈人說的。賈人的貨物被石勒軍搶劫，還讓那些賈人宣揚是石勒軍搶走的。賈人說賈人不敢，石勒軍一個頭領說他石勒的名字早被朝廷熟知了，讓他等再知道一回又有何妨？吩咐賈人說你幾個就這麼說去。賈人被唬得滿口應承。」

石勒想，這世上還真有人願冒叛逆之名當一回石勒。是借自己在胡人中的威名招募兵馬，還是在那裡豎起這面旗幟將赤橋失散眾人聚來呢？他最希望的是後一種，微笑著說道：「知道了，那裡十有八九是吾等十八騎的人。」

冀保當即樂得合不攏嘴，兩手胸前一參，道：「說不定劉膺也那裡，待我去領他來會？」

石勒很理解冀保的心情，道：「冀保兄弟，怎能知道劉膺也在那裡？」

張越道：「我以為可以去，然需先在那寨周匝觀察打聽一番，若不是我們的人扮的，即刻返回。」

石勒臉色平和，朝張越點了一下頭，道：「你長進了，就得如此行事。」轉身拉一把冀保，鄭重地對他說：「我怕你火爆子脾氣壞事，讓張越與你一起去，但是必得依我兩個條件。」

冀保張了張兩隻手，道：「哪兩個條件？」

石勒臉色嚴肅起來，道：「一是一切聽張越的，二是不可回家探親，免得為家人村人帶來禍殃。」

從來就很賓服石勒的冀保，前傾俯首參禮，道：「是。」

石勒沒再發話，只是向外揮一下手，冀保、張越轉頭去了。

石勒兵馬繞過長子城堡進入壺關地界，遭到左右兩彪官兵的夾擊，戰了一個多時辰，雙方都沒有占到多少便宜，各自鳴金收兵紮營。

第十五回　漢王淵出兵略并土 劉刺史遣將援壺關

　　哪來的這些官兵？

　　石勒找來偵探詢問，偵探說這些官兵是并州刺史劉琨派來的。漢國出兵上黨的行動被劉琨獲悉後，差遣護軍黃秀、韓述二將火速增援壺關。潛在晉陽的漢國暗探，雖然馬不停蹄趕回蒲子城稟告給漢王劉淵，劉淵吩咐換馬不換人，讓這個暗探汲汲朝東追趕而來，怎奈并州兵馬走的是驛道，石勒軍走的是山間小路，途中尋找冀保、張越又延誤了些時間，落在了劉琨派遣的這支援軍之後。

　　劉琨，中山魏昌人，是漢中山靖王劉勝[04]之後。劉琨二十六歲步入仕途，得到司隸從事的官職。後來與范陽人祖逖同為司州[05]主簿，半夜雞啼即起舞劍，留下聞雞起舞的典故。

　　劉琨眉清目秀，多才多藝，又豪爽善交，很早便是名望一時的西晉石崇所建河陽金穀園[06]的座上客，與當時「開門延賓」的賈謐為首的政客、豪富、詩人文豪郭彰、石崇、左思、潘岳、陸機、陸雲、歐陽建等人走在一起，號稱「文章二十四友」。他的軍事才能是在捲入八王之亂以後才顯現出來的。賈南風權勢熏天的那些年，劉琨與賈南風外甥賈謐關係緊密。趙王司馬倫殺掉賈南風之時，明知劉琨實為賈南風黨徒，只因自

04　即考古人員在河北滿城陵墓中發現的西漢中山靖王，他有兒子一百餘人，三國劉備也稱為其後裔。

05　西晉置，州治在今河南洛陽東北漢魏故城一帶。

06　在今河南孟津東南鳳凰臺南。

己的兒子是劉琨姐夫，不僅沒有殺他，還任用為記事督[07]，很快又提升為冠軍將軍，曾經與司馬倫心腹謀士孫秀的兒子孫會率三萬宿衛兵馬出戰黃橋，抗拒從北面而來的成都王司馬穎大軍，落得大敗而逃。

這一仗，讓劉琨吃了一驚，也長了一智。他與孫會回到朝裡，反縛雙手上殿請罪，道：「此役敗在末將，罪不可赦，請正法。」

趙王司馬倫顧及兵敗的主責在孫秀，不忍連他的謀士也牽扯進去，便說道：「本王念你與孫會初次帶兵征戰，且不追究，下去吧。」

不久，劉琨投奔到鎮守許昌的范陽王司馬虓麾下，任軍中司馬。後來看出司馬越勢大，又轉身隨了司馬越，被封為廣武侯，食邑兩千戶。

光熙元年（西元三〇六年）七月，劉琨受命正式赴并州行使刺史職權，這讓他感到此乃朝廷對自己的格外恩賜，他當力治晉陽荒域，以盡人臣之任，使之成為藩屏北面諸雄南侵的堅固屏障。

離開京師洛陽，劉琨迎著已是寒氣逼人的冷森之日，縱馬北去，但是一路並不順遂，路遇數次匪患，打打殺殺，走走停停，幾日後方來到泫氏縣城。

---

07 機要主事之類的官職。

第十五回　漢王淵出兵略並土　劉刺史遣將援壺關

　　沿途所見滿目瘡痍的悲慘情境，一直揪著劉琨的心，他默默初擬了一道呈向朝廷的奏表腹稿，曰：「臣自涉州疆，目睹田野困乏，黎民流離，十不存二，屍骸連見，白骨蔽野。愈往北，愈荒涼，走出一座荒城，又是一座荒城，衰寞之狀，令人難以想像……」

※

　　劉琨原打算入境壺關駐足館驛以後，連夜修改，寫於竹片，串牒成冊，鈐印上呈，但此刻只聽見噠噠的馬蹄聲，不見跟在身後的家臣、家將、僕童幾個親隨的說話聲。劉琨扭頭回顧一眼，看見諸人雖然騎在馬上，隨了馬的走動一彎一仰前移，卻少了精神，於是說道：「我知道爾等一路勞頓，可是累了餓了也得走呀！」

　　好一陣子，聽後面有人應道：「是，得走。」

　　又走出四五十里，家臣張儒問道：「將軍（張儒他們依然尊稱劉琨將軍），我們在丹水山坡歇息過夜如何？」

　　陽光滑向山的西面去了，天色暗下來，劉琨掃一眼四維，道：「也只好在此將就一夜了。」

　　幾個人一下來馬，躺倒便睡。劉琨睡意全無，身著一襲復袍[08]登上一道就近的土梁而望，不想暗夜之下的群峰，竟觸發了劉琨心頭的詩意，他隨即吟出一首〈扶風歌〉，曰：「朝發廣莫

08

門，暮宿丹水山。……烈烈北風起，泠泠澗水流。揮手長相謝，哽咽不能言。浮雲為我結，歸鳥為我旋。去家日已遠，安知存與亡。……」

以布和帛製成的夾衣。西元一九七四年江西南昌永外正街晉墓出土的木牘，即有「故黃麻復袍一領」之語。

※

吟罷，劉琨淚眼迷離，嗚咽之聲吵醒了家將郭四，郭四勸道：「將軍，睡吧。」

劉琨從土梁上走下來，舔了舔乾裂的嘴唇，坐到僕童身邊，說道：「拿些吃食來。」

僕童一骨碌爬起，伸手去抓盛乾糧的口袋，驚叫道：「誰把乾糧弄撒了？」

睡的人都起來了，看了半晌發現是黑馬拱開了乾糧袋口，吃了裡面的東西。

僕童看一眼黑馬，立時慌得抓起鞭子朝黑馬脖頸抽打去。張儒起來奪過鞭子反朝僕僮身上打去，喝道：「你自己不把乾糧看好，是何反要把氣潑到黑馬身上？去拿贏糧來，為將軍煮飯。」

已經躺在斜坡野草上的劉琨，道：「算了，天亮以後半天工夫即可奔到壺關[09]，到了那裡就有吃食了。」

---

09 古壺關在今山西黎城東陽關鎮，戰國時秦置，此時治所在今山西長治北故驛村。

第十五回　漢王淵出兵略並土 劉刺史遣將援壺關

　　僕童向劉琨跪下，道：「是小僕不慎，沒有看好乾糧。去壺關說是半天，誰知道路上要耽誤到幾時。」張儒向他指了指劉琨，僕童想到劉琨需要安靜睡一下了，頃刻閉了嘴。

　　北進途中時有漢兵游騎和胡漢流民武裝擋道，小規模的征戰不斷。劉琨率領在上黨招募的五百名將士奮力前進，走了半年多時間來到并州治所晉陽。此時的晉陽，已是一座「府寺焚毀，邑野蕭條」、「僵屍蔽地」的荒城，但劉琨不辱使命，他恪守「凡官者，以治為任，以亂為罪」的古訓，剛紮下營寨，即帶領將士一面「剪除荊棘，收葬枯骸，造朝府，建市獄」，鼓勵農耕，安撫百姓；一面對數遭兵燹洗劫而損壞得基本失去戰國至秦漢時期建築風格原貌的晉陽城，進行了修復加固，其西城牆加到了四丈高。還從城西諸山到城東沿汾河之間的重要地段築壘布兵，依據傳說中軒轅黃帝時代少昊青陽氏發明的弓箭的形狀，仿製成批成批的弓箭，用於將士守衛城壘和征戰利器，這才使晉陽之地有所改觀，民心穩定。

　　劉琨對上黨壺關一直有隱憂。受命上任一路過來，所察上黨的地理位置，的確是戰略要地。如果能派重兵障塞漢軍東去之路，朝廷那邊再死守南西兩面的河水口岸，即可將劉淵之漢扼死在河東之地。

　　張儒看見劉琨滿臉喜色，問道：「自到晉陽頭一回見將軍面露喜色，不知喜從何來？」

劉琨笑了笑，把扼死劉淵之漢的想法說出來以後，幾位隨從齊聲稱讚。

　　坐在斜對面的郭四朝劉琨雙手一拱，建議即刻將他的戰略構想奏知朝廷。劉琨也認為作為憂國憂民之臣，理應上表陳稟己見，擺正竹簡提筆濡墨將要書寫時，忽見部將張倚迎門進來，當庭站定參禮，道：「末將回來了。」

　　張倚是劉琨派去遊說匈奴右賢王劉虎和盤踞中西部一些雜胡歸附的。劉琨看他煙塵一身，憐惜道：「張將軍你受累了，坐。」

　　劉琨聽張倚稟告了匈奴右部三千餘篷落來附後，高興得手舞足蹈，吩咐道：「你先回去歇息數日，然後去上黨築一座安民城[10]，以穩定那裡的民心。」

　　在旁的韓述將軍道：「穩定上黨之民，扼守壺關之口，是將軍經營東南的要略，這幾日多次提及需你去築城安民。有了民心，扼守關口才有希望。」

　　張倚明白劉琨築城安民的苦心，振臂而起，道：「將軍能費盡辛勞為國分憂，末將有何不能為將軍分憂？末將明日就啟程。」

　　按劉琨時下的預見，劉淵似一匹圈不住的野馬。穩定蒲子之後，勢必出兵南發東略。這預見，促使他送走張倚後，召集將佐來商榷上黨防守，適逢一人跨進廨庭門檻跪下，道：「稟報將軍，漢將石勒、劉靈率兵東出上黨，請令定奪！」

10　在今山西襄垣北。

第十五回　漢王淵出兵略並土 劉刺史遣將援壺關

　　來報軍情的，是劉琨先已安在漢廷一位要員身邊的暗探。劉琨見稟，驟然一驚，半天不語。眾將也預感到接下來將會發生非同一般的戰事，驚慌叫道：「將軍您……」

　　劉琨搖頭重嘆一聲，道：「還是讓漢兵走在前面了。」

　　還跪在地的暗探，微仰仰臉上望一眼，問道：「將軍，我還返不返回那邊去？」

　　劉琨伸手虛扶一下，道：「你起來，速騎馬奔往上黨，探明漢兵屯紮何處報來。」

　　暗探站起來，應道：「是。」

　　劉琨打發暗探走後，披甲佩劍出門上馬，要親赴上黨禦敵。眾將見狀，全都進言勸他放棄自赴上黨的想法，他沉吟移時，道：「那就命黃秀、韓述兩位將軍代我出援上黨。」

　　黃、韓參禮，道：「遵命。」

　　二將一口應承下軍令，騎馬趕往晉陽城西南校場點齊一萬兵馬，較漢軍先一步進入壺關縣境，給了石勒、劉靈暗中一擊。石勒遭此暗襲，胸中憋悶，在大帳哇哇叫著吩咐劉靈，道：「明日上陣若遇此二賊，絕不能讓他們生還。」

　　劉靈笑道：「只要被我手中的鐵杆槍碰上了，沒有幾個人能逃得了性命。」

　　第二天，漢軍身披冬日的陽光來尋戰并州兵馬，兩廂列陣壺關縣城西。旗門開處，并州兵營一將衝出，一手提刀，一手

勒礜，穩坐馬背勸石勒、劉靈歸降劉琨，共滅劉淵。漢軍陣列裡，石勒、劉靈、石會諸將領，問清來將叫韓述，騎在馬上的劉靈揮動了一下沉重的鐵杆槍，朝韓述胸前刺去。韓述的大刀一擋，哐的一聲，刀刃當下捲曲了，急勒轉馬頭逃回本陣。

　　有生以來，韓述從沒遇到過這般沉重兵器的打擊。想到那一擊，好像雙手的麻木猶在。他的戰志也像他這時的大刀一樣，沒了鋒芒，垂下頭，回到營帳把大刀摺給一個侍兵接了，對黃秀說道：「漢將使一支像一根粗粗的鐵杠上安了槍尖的鐵槍，甚是凶悍，我軍又處此狹窄平地不得地利，不如退回城中固守請兵再戰。」

　　黃秀不相信他的畫戟敵不過鐵杆槍，說道：「若就此退守，士氣沮喪，恐怕不可復用，待我出陣會會漢將再議如何？」

　　韓述見黃秀要出戰，便讓步隨了他，道：「可以，我幫你掠陣。若受不住鐵杆槍的重擊，你趕快退回來，萬不可勉強。」

　　黃秀點點頭，道：「我聽韓將軍的。」他手持韁轡，騎在白灰二色相間的馬上，伸出畫戟指向漢兵陣營，道：「漢兵小兒，快快讓那個使鐵杆槍的出來交鋒。」

　　見他指名道姓要戰劉靈，石勒倒開始思考：難道他身後設了暗伏？心裡這樣一疑，馬上命石會帶三百兵卒從北面迂迴到晉兵右側，以防不測，隨後對劉靈使了個眼色，劉靈出來陣列。聽見背後喊殺聲四起，黃秀心慌扭頭回看，劉靈的槍早戳

入他的左肋，用力向上一挑，槍尖上的人像摔了半條牛肉那樣撲通一聲悶響，跌在土地。騎在馬上的劉靈又直直地朝他胸部搠一槍。

韓述前不及救黃秀，後不及顧兵卒，像隻驚鳥哀鳴嘶聲叫道：「黃將軍——」奪路想跑，卻死在追上來的石勒兵馬的亂刀之下。

石勒沒去追殺那些已是極度驚恐而脆弱的彼方將士，勒住坐騎看是何方兵馬來助自己，望見拚命廝殺的亂兵中閃出一員手執長鞭的絳衣小將，石勒伸長脖頸大叫道：「支屈六！」

絳衣小將確是支屈六，他站定望了望，對石勒長長喊出一聲：「將軍——」

支屈六伸手朝身後一招，叫他率領的一哨兵卒，道：「都過來，石勒將軍來迎接我們了。」

石勒跳下馬撲過去，與支屈六摟抱在一起，道：「你怎麼會在這裡？」

支屈六道：「我四處打聽將軍的去向，聽到石勒軍傳聞就來了。」

石勒鬆開摟抱的手，道：「你也聽到了？可是石勒軍在武鄉那邊，你為何繞到壺關來了呢？」

支屈六道：「路上遇見冀保、張越二人，說那石勒軍是假的，真石勒此刻在壺關，便跑來相隨。」

石勒道：「冀保、張越哪裡去了？」

這時亂軍中有人答應了一聲，道：「我們在此。」

待冀保、張越提了兵刃過來參禮，石勒來不及細問兩人返來之故，留下劉靈，命他差使持表向漢王劉淵報捷，自己在石會護衛下，帶了冀保、張越、支屈六一干將士奔至武鄉縣南部的石勒軍營寨來討伐假石勒。眾人列陣於石勒軍寨門前，支屈六出馬搦戰，大叫道：「假石勒快快出來受死。」

邊叫邊望寨門，不多時，寨門大開，騎在馬上的幾位戰將簇擁著一位頭領衝將出來。那頭領模樣的人，道：「哪個糊塗小兒敢說本寨主是假石勒 —— 啊，支屈六，是你……」他的話說在半截，嗵的一聲跳下馬來。

看清是桃豹，支屈六也跳下馬，禮都不行，說道：「桃豹，你看誰來了？」

桃豹略掃一眼，趕快把高插兩支雉雞尾[11]的頭盔卸下，撲通跪倒，道：「桃豹冒充將軍，罪該萬死。」

石勒下馬傾身彎腰攙起桃豹，擁抱良久，說道：「我就知道除了你，沒有人會想到這一招。」他咧著大嘴，慨然而笑，道：「也多虧你用石勒軍這面旗號聚來將領和兵卒，實是大功一件。」

桃豹道：「不敢當，不敢當。」他略轉身顧視身後眾人，道：「還不見過將軍。」

---

11 翎子。

第十五回　漢王淵出兵略並土　劉刺史遣將援壺關

　　一瞬間，這裡叫一聲「將軍」，那裡也叫一聲「將軍」，桃豹、王陽、趙鹿、夔安、郭敖等五人，在支屈六、冀保、張越引領下，與石勒相會於石勒軍寨。石勒說：「晉兵士氣已喪，速隨我去取壺關城。」

　　眾人隨石勒一路殺來，從西門進去，駐守壺關縣城的守兵早已撤出北門逃遁。石勒派人探明上黨郡所屬的潞城[12]、長子、屯留的晉兵吏卒，也都悉數北撤百十里，與劉琨派來援救壺關的第二批五千大軍合為一體，屯紮待命。

　　在石勒軍寨駐留數日，石勒帶了人馬返至壺關大帳，漢王劉淵所差賚使也已趕來。雖說石勒得到的是一座空城，但對漢王朝來說也是一個可觀的勝仗 —— 它與馮莫突將軍控制的地盤連成了一大片。劉淵得此喜訊，賞賜石勒犀甲一領。

　　眼見大半個并州之地歸屬自己版圖，劉淵興奮得按捺不住一腔豪情，於這年十月正式詔誥天下稱帝，改元永鳳，大赦境內。以大將軍劉和為大司馬，尚書令劉歡樂為大司徒，御史大夫呼延翼為大司空，宗室以親為等，悉封郡縣王；異姓以勳謀為差，均封郡縣公或侯。晉升石勒征東大將軍、劉靈平北大將軍，詔命二將從上黨東出進寇趙魏之地。

　　石勒遵命離開上黨以後，壺關復為劉琨占領。

12　西漢置，治所在今山西潞城東北古城村。

第十六回

張賓提劍投明主 王陽一箭震常山

第十六回　張賓提劍投明主 王陽一箭震常山

王陽問桃豹：「不去寨裡小駐了？」

桃豹先望了一眼上馬前走的石勒，朝王陽拱手一揖，說道：「原來是想帶領劉靈和部眾重返石勒軍寨屯駐一個時期的，現在一簡詔旨改變了行程，怎能再在那裡耽擱呢？」

安頓過王陽，桃豹又暗囑眾人不要再提此事，都默默隨石勒東下太行，再次去攻打鄴城，守鄴城的鎮北將軍和郁大敗而逃。接下來，移兵攻略汲郡、頓邱，兩郡太守聞風喪膽，不敢迎其鋒芒，唯魏郡太守王粹，根本不知石勒、劉靈軍所向無敵的厲害，硬要率兵抵禦，一戰即被活捉了來，五花大綁擁至大帳，問他願降願死，王粹說寧死不降叛逆，石勒下令把他一刀砍了。

魏、汲、頓邱三郡之地大戶塢堡望風降附者五十餘壘，石勒奏請漢帝劉淵恩准，封各壘主為將軍都尉之職，各給印綬，命他們維持各自所轄境域，並挑選壯丁充實軍旅，繼續東伐。趙魏以及青州、幽州諸地為之震動，赤橋敗後失散的十八騎將領和程遐、刁膺、李豐等部屬也聞訊歸來，只有孔萇去向不明。石勒急躁地問部眾，道：「逃散的時候沒有一人看見過孔萇嗎？」

前鋒都尉高貢道：「他會不會見那邊勢大，去了司馬越那裡？」

石勒道：「孔萇明睿篤誠，不會離我而去。」稍微停了停，轉臉問程遐撤退途中，他吐露過什麼沒有。程遐皺眉想想，搖頭說沒有。

旁邊的張噎僕抬腳湊過來，參禮道：「赤橋血戰，他的右腿受了刀傷，血流不止，我把他扶到一座荒塚裡，用劍割下衣袂裹了傷口，他站起來走了走，說不礙大事，還能拚殺，可是話剛說完，右腿一斜又跌倒了。我想陪著他，他說你得趕快去護衛大將軍，我走以後的事就不知道了。」

聽了他們說的情形，石勒猜想孔萇可能隱藏在某個地方養傷，便對劉靈說道：「劉將軍，你與眾將士臨滏水[01]屯紮等候，我回見陛下，請兵攻鉅鹿、常山二郡[02]。這樣做，有可能會使孔萇聞訊而來。」

劉靈張著異樣的眼睛盯住石勒，道：「可是陛下不肯動兵呢？」

石勒堅持定見，道：「吾等為他攻城掠地，怎會不肯？」

劉靈說道：「我估計他……哦，你去試試吧。」

次日一早，石勒帶了桃豹、石會和數月前歸附麾下的張敬等騎馬奔回蒲子城，跪拜在漢廷殿堂階下。劉淵命石勒免禮，道：「朕正想傳諭讓你回朝一敘呢，你倒來了，快快起來。」

跪著的石勒復又引背前傾彎下腰去，拜道：「臣未蒙俞允而來都城，是賀陛下承天命登基皇位，也代劉靈將軍恭賀陛下。」

劉淵伸手虛扶一下，道：「朕已見你與劉將軍賀表，知你

01　上游在今河北磁縣，下游流經肥鄉入漳水，後來改流成今滏陽河。

02　鉅鹿郡治所此時在今河北寧晉西南，常山郡治所在今河北石家莊東北。

們傾心國事，身在陣前，仍時刻關注國朝命運，真乃漢之良臣。」他微笑著問石勒：「還有何事，可據實奏來。」

石勒站起來，道：「啟奏陛下，臣想請增兵攻打鉅鹿、常山，為國收錢糧、拓土地，以報陛下知遇之恩，不知陛下可否允准？」

時下，漢國正缺糧餉用度，劉淵笑道：「卿肯為國出力，有何不允。」當下撥給石勒精兵三萬，馬千餘匹，命道：「速取鉅鹿、常山二郡。」

這把石勒高興得當即跪下，拜道：「臣領命謝恩。」

石勒謝恩起來剛退出殿門，丞相劉宣朝劉淵施禮，奏道：「陛下又為他增添兵馬帶去，他會安分為漢臣嗎？」

劉淵道：「會的。」

劉宣有些不悅，道：「這石勒隨汲桑造反受挫，跟隨公師藩擁戴成都王司馬穎反司馬越又失敗，後來走向草莽。臣觀他身上至今仍有些匪氣，恐他兵多了又會想到草頭王的快活。」

劉淵笑道：「他有匪氣，也有義氣。劉宏那天不是說石勒敢鬥惡人，敢救惡人傷害的百姓，關心愛護將士又很夠意思，是以他的部屬兩次被打散，人散心不散，待他一旦安定在某個地方，散了的人又陸陸續續回到了身邊。他粗豪坦率，還講些仁義，不胡來，重視人才和別人的功績，下面的人認為他言行不偽，可信可依，死心塌地跟隨。」

劉宣道：「可是上黨這一仗，成就了他的名氣，不同於之前了。」

劉淵道：「你擔心他得勢背主？」兩眼望劉宣，劉宣抬一隻手在半空搖晃著，道：「石勒這人朕看準了，你誠心待他，他會實心為你。」

如此超人的雅量與誠意，讓劉宣把預備到嘴邊往下說的話咽回了肚子裡，跪倒在地賠禮，道：「是臣多疑了。」

見劉宣長跪不起，劉淵嘆著氣離座走下陛階來扶他，道：「此事沒有那麼嚴重，請起。」

※

回見國君請求增兵甚為順利，石勒帶領這些兵馬趕來淦水岸邊與原有人馬會合，召集大將劉靈、閻羆、王桑、刁膺、李豐、張敬及十八騎將領部署出擊鉅鹿、常山路線。一個守門親兵進來大帳，參禮道：「營門外來了一人，手提一把長劍，大呼小叫要讓大將軍出去見他，不知大將軍見他不見？」

聞此稟報，石勒不禁淡淡一笑，道：「這人口氣不小，指名道姓讓我去營門外見他。」看一眼帳內眾將表情，石勒緩緩站起，道：「見。」

劉靈皺了皺眉，道：「以我看來，可能是個狂士，大將軍不見也罷。」

第十六回　張賓提劍投明主 王陽一箭震常山

石勒道：「不知道他狂的情勢究竟如何？要真能狂得四海刮目，我就把他供奉起來。」

石勒與一干將佐走出營門外，果見一個肩背斗笠、手提長劍的男子站在營門與滏水之間的陽光下，手指大軍營門喊叫：「石勒在不在，是何還不出來見我呀？」

冀保、郭黑略兩個脾氣暴躁的人，臉僵得硬邦邦的同時上前一步，吼道：「你也不睜眼看看這是什麼地方？是漢大將軍營門。在漢大將軍營門前，有你這般石勒長石勒短地呼喚大將軍的嗎，還不跪下？」

石勒將冀、郭兩人攬過側旁，上前一步站定，謙敬躬身參禮，道：「我是石勒，公何人，指名石勒來見？」

那人看一眼身披戰甲、腰插佩劍的石勒，說道：「我叫張賓。你既是石勒，還不快快請我入帳敘話？」

難道這張賓是孔萇說的那個曠世奇才的當今子房[03]嗎？石勒睜大眼睛又從頭到腳上上下下打量了來人一遍，但見他三十來歲年紀，頭上髮髻貫簪，白臉黑鬚，目光明慧，身著一領素色大袖衫，提劍站立。雖然沒有看出此人有何特別之處，然而孔萇先入為主的推崇，加上石勒自己又求賢若渴的心情，讓他一直對張賓懷有一種敬仰之情。不拘他此來何意，請入一敘，或許可見分曉，於是石勒前俯揖讓出手，道：「請。」

03　即漢初漢高祖劉邦謀士張良。

不待「請」字落盡，那張賓倒毫不客氣地先自前走，直至進來兵營邁進大帳，目光向兩邊略一掃，不等石勒讓座就傲然坐了尊位[04]。

這倒又引起冀保的不滿，他手拔佩劍朝張賓一瞪，逼視過去，石勒暗對呼延莫做出一個手勢。站立位置距離冀保最近的呼延莫，馬上會意，迅疾伸手阻止了冀保的不敬行為。

此人確是趙郡中丘[05]張賓。他出身高門顯第，父親張瑤曾任中山郡太守。張賓在父輩的教誨下，自幼博覽經史，通達諸多事理，好言王霸大略。史載張賓足智多謀，機不虛發，算無遺策，在西晉末東晉初可稱知兵善陣之大家，常自謂不後子房，可惜不遇漢高祖耳。後來雖然投在中丘郡守帳下為都督，但在晉室諸王驟起鬩牆之爭、中原戰亂不休的情狀下，他見前路黯淡，託病掛印離任，提劍外出雲遊遍訪明主。憑他的遠見明識，今見石勒東出趙魏攻略數郡，對他的兄弟親族們說他歷觀天下諸將，如王浚、苟晞、公師藩、汲桑、王彌、劉靈等這些人，都不如這位石勒將軍。如今群雄趁世道混亂，風雲動盪，征戰爭奪逞強，便想投其麾下，以胸中所學佐他成就些事業。

他的兄弟親族們勸道：「多少中原將領你不投，偏要跟隨一個羯人。」

04　這裡是相對於客位而言。傳統古禮，主人出於對賓客的尊敬，往往把客人敬讓到西位，面東而坐。

05　西晉置，治所在今河北內丘西。

第十六回　張賓提劍投明主 王陽一箭震常山

　　張賓道：「對人的觀察與衡量要縱深看，不能只看一面。他識大勢，顧大體，敬奉君主，也尊重下屬。他殺人，也愛護人。很多人願意往他的陣營裡去，為什麼？因為他能很好地帶領身邊的人，他的為將為人比其他幾個人要好得多。」

　　兄弟親族們又道：「吾等也酌情比較過，他仇視中原士人，到處殺人放火，不是什麼好人。」

　　張賓道：「這是他的過，但漢人、胡人互為兄弟，佐一個值得佐的羯人，沒有什麼不好。」眾人拗不過他，只得任其自便。張賓告別家人，提劍來投石勒。

　　等大帳眾人各自坐定，石勒面西直對張賓，坐在請教的位置參禮，道：「不知張公此來有何見教？」

　　那張賓的樣子很高傲，仰臉說道：「將軍是領兵征戰的將帥，要聽的自然是征戰之術，只不知最想讓張賓說的是哪些？」

　　張敬見石勒咯噔了一下，忙傾身靠近他肩下低聲咕噥：「大將軍不必在意。我觀張賓言行，大有試探您求賢之誠的意思。即令他本性孤高傲慢，也屬正常，與晉廷那些浮奢靡曼清談附勢之徒相比，他要高明許多。現今大將軍帳下要將有將，要兵有兵，就缺有才智的謀士。只要他用兵有道，這一點傲矜之形又算得了什麼？今漢晉相爭，事關天下，得一有才略之士不易，您盡可遂他是了。」

石勒微微點頭，道：「知道，我知道。」

石勒擺出一些陣前戰例問張賓，張賓有問必答，無一不在道理。只是石勒所求的不止這些，他渴望得到戰爭領域更深層次的東西。

並不算寬敞的大帳裡，牲油鼎火光照得通明，石勒與張賓做徹夜長談。石勒說他初入軍旅的幾次敗仗，事後想來，以為敗在失策，具體又說不出哪個環節謀劃不周。

張賓回道：「兵法云『先謀而後動』，大將軍在征戰的空隙，不妨讀一讀《孫子兵法‧謀攻》。」

石勒吭哧著，有點隻字不識的羞怯，可他又不願意讓張賓識破，道：「我……哦，此事以後慢慢說。」

張賓可沒像此際的石勒那樣有所隱諱，開誠布公地說道：「用兵之道，宜以智，也宜以勇；敵強則以智勝之，我強則以勢擊之。以賓看來，公師藩、汲桑等人的失敗，在於事前不慎察敵方強弱的態勢，以一腔血氣之勇而意氣臨戰，稍有斬獲，竟得意起來，燒掠濫殺，招致兵民共憤，離心離德。失去兵心民心，哪裡還能打勝仗？倒是這也難怪，因為他們不具有鑑機識變的謀略，不思慮勝仗過後那敗仗就在等著他了，帳下又無運籌帷幄之士相佐，一遇強敵，很容易將敗兵散。世上沒有常勝將軍，打仗要敢勝，也要善敗，但重要的一點不是從來不敗，是敗了也不失去信心，不服輸。大將軍如果願納張賓為軍中一

員，我會同你們共商攻伐大計，共贊大將軍修德振兵，打好征戰寇敵的每一場戰爭。若我謀略無助於大將軍，我會自動走人。」

石勒喜上眉梢，謙敬地引背前彎致禮，道：「謝張公前來佐我征戰寇敵——且任張公為參軍記室，隨軍聽用。」

數年前，在山東荏平城堡孔萇來投石勒時，長揖不拜，透過比武認定石勒是他當保之主後，當即滾鞍下馬撲通跪地而拜，今天張賓見石勒聯手都不拱一拱，此刻聽了所賜軍職，才慌著彎腰引背前傾恭敬答拜，道：「謝大將軍。唔，不不不，張賓認定大將軍是一位明主，才提劍來投，營門大呼請見，還是以明公相稱吧，謝明公。」

石勒起身折腰攙起張賓，張賓站起反伸雙手將石勒扶到主位上，自己往旁側的位置上坐去。這是一種權力排序，張賓笑著說道：「那座位本來就是大將軍之位，我適才那是……那是……呵呵呵……」

石勒謙讓一回，坐了正位，口稱張公，問道：「為今之勢，我當如何行事？」

張賓欠身拱手，道：「延攬英雄，禮待賢士，聚集兵力，以救萬民，所攻伐之地，嚴禁將士燒掠濫殺。」

石勒點頭，道：「你說的是。」

張賓的來附，更使石勒的智膽超越群雄，要一次出兵同時

攻打鉅鹿和常山兩個郡治之地，張賓敬佩地笑了笑，隨軍來到鉅鹿。偵探飛馬報給太守劉寵，劉寵領兵出來城門，他的悍將張英馬腹加鞭出陣對敵，剛與漢軍將領刀槍來去交織在一起，劉寵即鳴金收兵。張英歸陣說裨將正要擒殺賊將，郡守何故鳴金？劉寵說剛才兵卒來報，城中有漢軍一個內應，姓吳名豫，松江人氏。若城池不保，自己這幾千兵馬連個落腳的地方都沒有了，不如回城據守。

撤退之間，從城內逃出來的散兵來報：漢軍已把城池占領。劉寵以驚詫的目光看著報信的兵卒，問石勒大軍都在這裡與張英交戰，一個吳豫焉能把城池占了？那些兵卒說攻打城池的是另一股漢兵。劉寵不敢入城，讓張英保著投別處去了。

石勒命支雄收攏兵馬安營紮寨，地平線延向西北與天相接的地方，從落日的餘暉裡飛來兩騎，直接奔馳到大帳門口。馬上之人跳下來，跪向石勒納頭下拜，石勒朗聲叫道：「是你們——吳豫、孔萇將軍回來了！」

響亮的一聲呼喊，相鄰營帳的支雄、夔安、王陽、郭敖、孔豚諸人都跑出來問候兩人，劉靈他們也過來與孔萇會面。

吳豫做事精細穩重，決定攻打鉅鹿時，石勒派他到鉅鹿城裡去探查裡面的兵力部署。吳豫入城第二天的旦食之前，劉寵得悉漢兵來攻，下令緊閉城門，嚴禁出入。他出不了城，在裡面東躲西藏中間，遇見了孔萇。

第十六回　張賓提劍投明主 王陽一箭震常山

　　在赤橋，孔萇拖著一條腿跟不上部眾，又返回荒塚。荒塚可不荒，有一個守墓人 —— 乞丐。乞丐無家可歸，住在盜墓者挖開的墓道裡。孔萇藏進墓道那時候，沒有想到這裡會是什麼乞丐的棲息之地。在孔萇的意念裡，帶進窄小墓道來的長槍成了一件備用品，只有靠腰間佩劍來防守護身。他面對墓道口坐下，手握利劍防備晉兵來襲，眼看左邊的白骨想著人們常說的鬼的時候，一個披頭散髮的傢伙從墓道口鑽進來。孔萇一劍刺去，那傢伙嚇得說一聲「呃，你活了」，急朝後閃躲之時跌坐在地，屁股和托著地的兩手迅速向後倒挪著想跑。孔萇喊住他說「什麼活了，那堆白骨不是我」，隨又問他到這裡來做什麼。他說他是個乞丐。孔萇收回劍拱手道歉，與乞丐成了朋友，依靠他的保護和討要，養好了腿傷。有天黑夜，乞丐從外面回到墓道，帶來石勒大軍北伐鉅鹿、常山的消息，孔萇決定混入鉅鹿城內等候。到他遇到吳豫以後，勸吳豫和他一起潛伏下來，以做內應。這日午後，乞丐低頭貓腰來到孔、吳潛伏之處，說南城門的守兵已經放下吊橋，打開城門，準備放敗陣回來的太守劉寵的人馬入城。孔萇聽到一半，站了起來，瘋了似的拖了吳豫往南門跑。剛到了南門，就聽見城門頂端箭樓向下喊話，說進了城門的不是太守的人馬，是漢兵，快堵上去把他們殺退！這聲喊叫等於給了孔萇、吳豫一個信號，兩人從背後夾攻過去，守門官兵死下一片。

人們還想與孔萇敘談別後之情，孔萇已轉身向石勒行禮，稟報張賓奪得了鉅鹿城的喜訊。

石勒道：「就這般容易？」

孔萇道：「說起來容易，但張公還是用了計謀的 —— 把各個將校的幾十匹馬集中在前面，打馬奔馳彈起的煙塵使城頭上的官兵看不清旗號、服飾和吏卒陣容。騎在馬上的將士走到吊橋時大叫『打開城門，太守退兵回來了』，用這種詐謀進了城。」

石勒笑道：「還是參軍計謀高人一籌啊。」

石勒不得不承認張賓的才略，真想馬上奔到鉅鹿城去，謝張賓為他得此郡治之地。

石勒差逯明鎮守鉅鹿，接替張賓，分前、中、殿三軍兵發常山。常山太守程晟令將軍嚴興出戰。嚴興橫刀立馬於楓橋，漢兵望見迅速報進中軍大帳，石勒提戟出帳，道：「備馬。」

隔帳裡的張賓聽見以後，馬上撩帷出來，望一眼摜甲執兵的石勒，上身前彎一俯參禮，道：「在這支兵馬裡，明公是統眾御將籌謀之所主，三軍之所繫，不可輕出。」

劉靈也走出帳來，道：「張公言之極是，我代大將軍出馬。」

見兩人這般阻攔，石勒打消了親出之念，也不想讓劉靈出戰，伸手擋了一下，道：「劉將軍不必爭了，帳下有的是戰將。」略轉目光，想起了王陽、孔豚、趙鹿三將，他命王陽出戰，另遣支雄、孔豚、趙鹿掠陣相助。

第十六回　張賓提劍投明主 王陽一箭震常山

　　領了將令，王陽提兵來到橋下，正待叫陣交鋒，支雄、孔豚、趙鹿三人已從河面涉水而過，亂箭射倒岸上的官兵，飛身上岸，嚴興望見撥馬退入城中。王陽指揮兵卒圍住常山城，三日不克。石勒心下急躁，引了眾將到城下曉喻半晌，才見城頭出現一個裨將裝束的將領。這個將領，左手執定護心梁，右手指著城下「反賊反賊」地罵聲不絕。騎在馬上的王陽兩頰氣鼓鼓的，打馬朝前一衝，城上樓櫓和雉堞[06]後面閃出許多弓箭手，箭矢封住人馬，前進不得。

　　嚇得張賓大叫：「王將軍，危險！」

　　石勒也驚呼：「回來！快回來！」

　　王陽略退數步，取弓搭箭，道：「看我射這廝的手。」

　　一箭出去正射透這個將領的手背，釘在護心梁上，登時響起了一片喝彩聲：「神箭，神箭。」

　　王陽一箭震常山，所有的晉軍將士都恐慌起來。一位守城將領跑步來見太守程晟，稟報了城下漢兵神箭手說射哪就射哪的事。手被釘在護心梁上的那個將領，也「太守太守」地哭喊著進來，把程晟驚得差點跌倒。侍兵扶程晟坐下後，他兩手拍著大腿，道：「我前日出北門走動，碰上幾個抬棺柩的，當下便有些心疑，今只怕是難逃厄運呀！」

06　指城牆，即古代在城牆上面修築的呈凹凸形的牆，亦稱女牆，守城人可藉以瞭望城下和掩護自己。

將軍嚴興的情緒也很低落，嘆氣道：「我向來不信這個，您也不必放在心上。」他著急地兩眼直望程晟道：「賊眾兵勢甚銳，是戰是降郡守您得速決。」

　　程晟道：「就算我不會有什麼晦氣，可我現下戰無將，降無臉，你說我的出路在哪？」

　　嚴興揣摩了一下，道：「向王浚求援如何？」

　　程晟心情沉悶，一臉沮喪，對這個建議不抱希望，嘆道：「我郡空虛，他……他這個人……怎肯出兵呢？」

　　嚴興低下頭說出一聲：「真格是沒有別的辦法了？」

　　程晟皺眉略一想，向嚴興做出一個手勢，說道：「和。」

　　受程晟差遣為使，嚴興赤幘佩劍[07]來到漢軍大營。石勒將他請入帳內，對坐飲酒之間，唰地一聲拔劍在手，咣地一下擊在青銅酒罈上。嚴興隨聲驚倒，石勒則哈哈大笑，道：「聊作戲耳，勿驚，勿驚。」

　　倒在地上的嚴興，發抖的手直指石勒的劍。石勒把劍晃了晃，問道：「你吃不住一劍？」

　　嚴興眼珠隨了石勒手裡劍的晃動而轉動著，慌忙地爬起又迅速跪下，拜道：「身體髮膚受之父母，不可損毀。」

　　石勒把劍往腰間插去，道：「你說說，你主說和，想如何和？」

07　古代使者一般為此裝束。

第十六回　張賓提劍投明主 王陽一箭震常山

這時嚴興高仰起臉，一副無視石勒剛剛在他面前晃劍威嚇的樣子，道：「兩廂和而不合，與大將軍平分常山。」

石勒自是來氣，怒顏滿面，喝道：「鼠輩焉敢與我講平分？」

這一聲，讓嚴興當下感到「我命休矣」，身子斜滾想要避開。石勒重又拔出劍擲出，嚴興應聲而倒。石勒命人割下嚴興首級，扔給一起來的四個隨從帶回城去，往程晟几案上一放，嚇得程晟一跳，急朝後躲去，喝道：「你們好大的膽子，想嚇死本太守！」然後伸長脖子，眼望案面問出一聲：「這頭，誰的？」

四個隨從撲通跪下，道：「是嚴將軍呀，郡守。」

程晟彎過身，兩手托住案沿細認，哀憐道：「嚴將軍，你死得好慘啊！」

自料敵不過漢軍，程晟棄城而逃。

監視常山城動靜的前哨將領報回營帳，石勒派兵追襲，生擒程晟，安民惜眾。吏卒百姓，見漢兵無人敢搶掠燒殺，秋毫無犯，民心大悅，爭相送牛、羊、酒犒軍，石勒命人以錢帛、布匹回贈。由此，石勒聲勢大振，天下靡然而附。半月之內，壘塢降者數十，諸多鮮卑、羯人族落來歸，兵眾聚至十萬有餘。報捷快使將此訊傳至漢國宮廷，漢帝劉淵授石勒為安東大將軍，儀同三司。

迅速壯大起來的兵馬如何約束與統領，成為石勒喜中之憂。他騎馬穿行檢閱將士，徵求刁膺、張賓之見，對部眾上統下分，署張敬、刁膺任左右長史，以劉靈、孔萇、閻羆、王桑、李豐、高貢和十八騎為將帥，分統兵營，平素以兵營操練，戰時統一調遣。又以張賓之謀，在兵營之外設立君子營，參謀軍機，招攬人才，諸多文士豪俊，從四面八方趕來款附。

第十六回　張賓提劍投明主 王陽一箭震常山

第十七回

看畫圖追蹤救劉氏 劫囚車夫妻得團圓

第十七回　看畫圖追蹤救劉氏　劫囚車夫妻得團圓

　　原想恃勝驟進，一口氣拿下幽州。後來一干將領說此地離赤橋不遠，石勒就帶了孔萇、桃豹、劉膺、支屈六、張噎僕諸人去赤橋憑弔戰死在那裡的將士英靈。路過廣平南部地面，劉女手捏柴棒畫圖的情形在石勒眼前一現，他當即叩馬停住，下了馬，獨坐草坪，從懷裡掏出一件物品看了一陣，才抬頭望望面前的村落，目光又落在手裡拿的物品上。石勒沒有放棄繼續尋找劉氏，道：「記得桃豹說過，他在武鄉石勒軍寨之時，一天夜裡偷偷回村去看過，劉家的木柵欄土院長滿齊胸高的蒿草，可見夫人根本沒有回去過，甚或至今尚在這一境尋找這幅〈樹門圖〉，我想命人再找尋一回。」

　　很想使他夫妻早日團圓的桃豹說道：「請大將軍在這裡小駐幾日，吾等再細細走訪一遍，看能不能有所線索。」

　　孔萇輕輕趨步上前，道：「對，要散出一批人，四鄉八村都得尋到。」

　　石勒抖身站起，道：「一批人？依你看，得多少？」

　　望見孔萇伸了三根指頭，石勒問道：「三百？」

　　孔萇笑道：「三千。」

　　石勒猶疑了一下，把拿在手上的〈樹門圖〉收起，立命劉膺，道：「你即刻回見劉靈、張賓撥三千兵馬過來。」

　　將軍劉膺對繼續尋找劉氏有些不滿，他覺得不用再費時費力尋找了，不就是一個女人嗎？一個帶十幾萬兵馬的大將軍，

哪還缺個嬌豔女子，但孔萇的熱情改變了他的消極，往返數日領兵來到，面向石勒參禮，道：「回程的路上捉來一個下跪攔路的人，請大將軍處置。」

石勒問道：「什麼人？」

劉膺朝身後望一眼，道：「回稟大將軍，此人行跡怪異，他是從路旁一個土庵裡鑽出來跪到大軍面前攔的路，我們還從他身上搜出一塊白帛。」

石勒忙道：「拿來我看。」

把白帛遞過去，石勒著目一看，說道：「這不與孔萇將軍在茌平城堡拿的畫像一樣嗎？叫孔萇。」

聽見說叫自己，孔萇忙從休息的地方過來，揖過禮，接過白帛細審一遍，道：「這人恐怕有些來頭，人呢？把他領來見大將軍。」

在劉膺的斷喝下，親兵們牽來一匹馬，馬後拴著一個人，灰頭土臉，分不清眉眼。孔萇捧過白帛晃了晃，問道：「你從哪裡弄到的？」

那人道：「廣平官府門外面的牆壁上，是前幾年的事了。」

孔萇想，那時在廣平郡治所門前沒有找到告示，原來是他先一步揭走了。他抬眼審視那人，道：「看你布衣草鞋，很像農夫，要它做什麼？」

那人回答得很乾脆，道：「尋人。」

第十七回　看畫圖追蹤救劉氏 劫囚車夫妻得團圓

孔萇道：「尋什麼人？」

那人道：「恩公。」

孔萇心下雖然有疑，倒沒再多問。那人似乎想讓孔萇相信他說的是實情，當即吭哧了一聲，道：「起初可不是尋人。起初是怕它掛在牆上日子長了，認識恩公臉像的人會越多，對恩公行事不利，我趁夜揭下來藏了。」

只有有過這種行為的孔萇，才會知道這需要冒多大的風險方可做到，就佩服起他的機智和勇敢來，不由得拱手行出一禮，問道：「尋恩公，誰是你恩公？」

那人望望孔萇，因手被麻繩捆綁，只好用下頦指了一下那塊白帛。

石勒半個身子原本背在孔萇身後，看了那人指帛上肖像，想試試他是不是真的認識自己，遂將那半個身子也現出來。這一現，那人在馬後撲通一聲跪下，哭泣道：「恩公，草民我，我可尋見您了。」

待那人將賴二塢堡得救的事說出來以後，劉膺忙命親兵攙他站起，解開繩索。那人雙手捧起衣襟擦去臉上土灰，才對石勒跪下，拜道：「我就是那個刀傷脖頸之人。」

石勒看了看他，輕輕一點頭，道：「你起來，回答我——懷揣畫有石勒肖像的告示，不怕官兵抓住砍頭？」

那人說石勒恩比天高，時常想見見石勒，謝謝石勒，憑著

這樣的信念，打聽到石勒大軍在鉅鹿、常山一帶，徒步往兩郡之地去尋找。今天，看見一彪打著「石」字大旗的兵馬，特意讓這彪兵馬捉了來。

已經沒有時間與他多說什麼了，石勒向劉膺示意。劉膺會意，從身後的兵卒身上解下一個小布袋，道：「恩公他人你見了，謝也謝過了，感謝你偷揭收藏告示之勇，你帶上這些乾糧回家安穩過日子去吧。」

那人不接乾糧袋，說道：「且不要把草民趕走，草民還有一件解不開的謎，要稟告給恩公知道。」

孔萇朝他呵呵笑了，道：「你能有什麼解不開的謎？」

那人一咧嘴，馬上警惕地朝兩邊看看。石勒對他說道：「都是自己人，沒什麼可迴避的。」

那人還是小心地望了望身邊的人，道：「一個女子看過帛上畫像。」

石勒驚覺起來，大跨一步上前，問道：「你說你說，是一個什麼樣的女子？」

那人回說細眉俊臉，三十多歲年紀，西邊人口音。說到這裡，他遲疑地又一望兩邊的人以後，把他與那女子簡短的對話說出：「她一見告示上畫的像，頃刻淚湧兩眼。當草民指住告示上的像問：『妳尋找的是他嗎？』她呆愣了一下，然後又微微搖頭。從表情中隱伏的那份傷感揣測，她尋找的人好像是恩公。」

第十七回　看畫圖追蹤救劉氏 劫囚車夫妻得團圓

從旁側湊過來的桃豹剛張嘴要問什麼，石勒一把撥開他，急道：「這女子今在何處？快快領我去見。」

那人道：「在廣平西南幾十里的一個親戚家。」

石勒朝前一揮手，道：「幾百里也去，帶路。」

那人領著眾將士來到他的遠方親戚家時，老嫗說那女子前日不知得到什麼風聲，著急地帶了些乾糧隻身去鉅鹿那邊尋人去了。

石勒一聽噘起嘴，停了少許之後，他禮貌地謝過老嫗出來，向西走出一段路程，驟見霧起雲湧，遮擋了前行的視線。石勒指天大吼，道：「老天爺啊老天爺，你是何一點也不體諒我尋人的心情呀！」

這地方是個岔路口，詢問之間靠土山的草棚下，一個瘦巴巴的人站起來說是不是尋找一個破衣俊臉的女子？桃豹下馬，恭施一禮，請他描述一番，才知道這女子昨日在此打聽去鉅鹿的路，那土山後忽地竄出幾個騎馬的官兵，把她押進了廣平城。

石勒氣憤交加，立命桃豹、支屈六向旁邊的人借了便服，直奔廣平。進來城門不遠，看見兩個兵卒押了一個女子走，桃豹上前看那女子，卻不是劉夫人。

待石勒三千大軍隨後趕來，桃豹、支屈六已經等在城外十里的一片樹林之中，向石勒稟報了潛入城內見到的情形：看見一張告示，大意是女匪實為漢軍渠首石勒細作，明日午時在街

市斬首示眾。告示上畫的女子頭像，確是劉夫人，現關押在牢獄裡，三道崗門都有重兵。

石勒一把揪過孔萇，命他在沒有關閉城門之前，帶兵直衝進牢獄救人。孔萇深嘆一口氣，向石勒參禮，說道：「我不是不體諒大將軍您的心情，但此時就算能夠衝得進去，裡面的太守和賴大能讓我把夫人活著帶出來嗎？」

石勒惱火道：「不是活著救出來，那還算救人嗎！」

有著斬臺救人之急的石勒，急促的腳步在地上亂打轉。突然間，他從兵卒手裡奪了一支長矛，上馬要入城。眾人跪到馬前擋住去路，石勒兩眼狠狠一瞪，前打人後打馬，馬從人頭頂上飛馳而過。桃豹彈身躍起，揪住馬尾一墊腳，緊靠石勒背部坐到馬的後胯，謊說他與支屈六已經有了穩妥救出夫人的計策。如果不按這想法縝密而行，去了也是白去。

石勒停下抽打的鞭子，讓支屈六把計策說來聽聽。

他們下得坐騎，孔萇等眾將領也都趕了過來。桃豹看著支屈六，道：「我與支將軍計議，這回救人，以智劫人，以力拒敵。」

石勒揮手道：「快，說細點。」

桃豹說的都是謊話。他拖了支屈六往下蹲，支屈六只是搖頭。從他的搖頭裡，桃豹知道他這時候肚子裡也是無計可施。桃豹急出一頭大汗，強撐著在地上畫出廣平城裡的一條街巷，畫著畫著思路就開了，指著這條街的細腰處，回道：「大將軍

第十七回　看畫圖追蹤救劉氏 劫囚車夫妻得團圓

您看，我和支將軍仔細觀察過，從牢獄提人出來到刑場必經此處。而此處多商賈攤販，街窄人稠，旁邊又有一座破草屋，備幾匹快馬候在那座破草屋裡。我們想，押解夫人的囚車走到這段人擠人的窄道時，必定會慢下來，趁機動手劫出夫人。」

稍微頓了頓，桃豹繼續說道：「以力拒敵，是說吾等救了夫人出來，背後定有晉兵追趕，請大將軍差遣孔萇帶領兵馬埋伏在南城門外兩側接應，全力抵抗住追兵，或者將追兵往樹林那方引，我幾個與夫人才好安全回來。」

編得合乎實情，石勒自己又拿不出高於他們的絕招，因此說道：「我可把救人的事全託給你們了，所需兵馬你們儘管調度。」

沉默了一下，石勒朝天空望了一眼，一把拽過那個刀傷脖頸之人交給桃豹、支屈六，吩咐道：「把他也帶去，他熟悉裡面的路徑。現在就起身，等天快黑時行人入城雜到裡面混進去。」

桃豹以眼神約一下支屈六，參禮道：「是。」

出得兵營，支屈六雖然有些抱怨，又認為除此別無選擇。三人入城潛到次日午時，囚車進入窄道，讓刀傷脖頸之人從一處房屋裡拋撒下幾把制錢，趁押解的晉兵和百姓哄搶制錢的混亂之機，藏在那座破草屋頂的桃豹、支屈六突然飛身跳下，落在囚車跟前，支屈六一劍劈開鎖鏈，桃豹背出劉夫人扶到馬上就跑。支屈六一支長鞭像騰空飛舞的蛇一樣唰唰唰地抽打追來的官兵。這些官兵大多是獄卒，沒有征戰經歷和膽量，看見支

屈六用箭射死了領頭追趕的將領，就都沒敢拚命向前，到了吊橋邊停了下來。

等在兵營的石勒騎在馬上，心神不寧地向前走了幾步，忽又勒緊馬韁原地轉了幾個圈，眼睛不住地眺望著從廣平那邊路的遠處，沒過多久又倒轉回來，看見孔萇還站在他的馬前看手裡拿的兵器，喝道：「孔將軍，你拖夠了沒有？」

嚴厲的斥責之聲吼得孔萇身體一顫，回道：「哦我，我這就動身。」立刻向他的一哨將士擺了一下手出發。他聽石勒說過，廣平郡的領兵護軍賴大，擅使畫戟，有萬夫不當之勇。為了對付賴大，他著意選了一支槊[01]，剛立馬橫槊於樹林外面的路心，桃豹就疾馳而過。還站在那裡的石勒，望見桃豹馬上的劉氏，舒了一口氣，跳下馬撲過去抱了劉氏一路回跑進兵營大帳。

賴大從後面追至樹林，樹林裡的伏兵一下子從官兵背後掩殺過來。他先沒有顧及後面，直朝前面喊道：「擋本護軍路者何人？」

孔萇道：「來取爾性命的仇人。」

仇人相見，分外眼紅。兩人手裡各拿一件長兵器，都希望置對方於死地。待手中的兵器剛撞擊在一起，賴大只想在一兩個回合之內戰敗仇敵石勒麾下的這個賊將，去掩護他的兵馬有序撤退。賴大急抽回畫戟做個敗走之勢，但孔萇偏不上這個

01　長矛。

第十七回　看畫圖追蹤救劉氏 劫囚車夫妻得團圓

當，勒轡停住。賴大見使用背後出戰之計不成，又不願敗陣逃走，轉身復戰，被孔萇刺傷墜馬，被兵卒們殺死。

廣平郡太守丁邵，將兵來救賴大，可他抵擋不住漢兵前後夾擊，無奈敗陣東逃，孔萇、支屈六沒有追趕，返回營帳來看望劉夫人。只是劉氏至此仍處昏厥之狀，一個多時辰後，才睜開雙眼，看清眼前站著的人是石勒後，驚慌地一把推開他，說這裡有官兵，快走開。石勒對她說不怕，這是他的營帳，哪裡會有官兵。她又愣看了一陣子，問沒有官兵？石勒知道她還沒有從驚嚇之中完全清醒過來，忙把桃豹也拉過來讓她看，她的神色才有些好轉。劉氏深情地看著石勒，石勒自然也在看她，說道：「我我……我沒死……」

石勒道：「是桃豹、支屈六他們把妳從死神那裡搶回來的。」

哇的一聲，劉氏哭了，哭了半晌才輕輕搖動了一下頭，道：「剛被押進囚室時，我還想著與你初識在韭菜岩，後來你走了，音信皆無，不知道此時你在哪裡。那些官兵對我說，明天午時處斬，我當下昏了過去。尋你尋得好苦……好苦，連繡圖也丟了。」聲音淹沒在汪洋涕流之中。

石勒忙道：「沒有丟，在我這。」他掏出〈樹門圖〉給劉氏看。

劉氏看了一眼，說道：「我去找刀傷脖頸之人的路上丟的，何以在你手裡？」

桃豹道：「大將軍恰是在廣平那邊的路上撿的。」

迎著劉氏淚光閃爍的眼睛，石勒又細看了一回她身上的傷痕，愛憐地將她拿圖的手按下，款顏作笑道：「尋見了，團圓了，就不苦了。妳靜靜歇幾日，身體復壯了，好把尋找之苦和我說說。」

桃豹道：「大將軍如今叫石勒，妳按家鄉時的名字去尋找，怎能不費時不吃苦呢？」

躺著的劉氏又喜又愧，幽幽嘆了幾口氣，道：「唉，我我……我太笨了。在那裡已經知道了石勒這個名字，還以為那是哄騙官府用的假名。後來看了刀傷脖頸之人藏的那張告示後，才認定石勒就是小背，急忙起身去常山找他的路上遭官兵捉了……」

不想讓劉氏一直在苦難裡回憶，桃豹勸她說：「妳不可這麼哭泣了，大將軍尋妳也尋了好幾年，也尋得好苦。」

劉氏點點頭，說了一聲：「這我能想到。」倒又哭泣起來，道：「我聽大將軍說是你和支屈六想出的辦法救了我，還是桃豹你精明，能想出那樣的辦法……」

劉氏的情緒慢慢穩定下來，淚水還在睫毛上，隨著眼睛的張闔一閃一閃的，透著晶瑩的光……

過了數日，石勒根據劉氏所說，派劉膺去尋找，還是沒有找見老娘王氏。在這裡，石勒命支屈六與劉氏扮作姐弟，前往

第十七回　看畫圖追蹤救劉氏 劫囚車夫妻得團圓

茌平師歡塢堡暫住走後，他才返回常山兵營，謀士張賓和將軍劉靈、張敬、刁膺、冀保、張越等眾將領，都來為他找到了劉夫人恭賀。

湊眾將在場，石勒讓孔萇說定了與程遐妹的婚事。眾人勸石勒趁劉氏不在悄然把婚事辦了，石勒笑著說「金屋藏嬌」[02] 是風光事、熱鬧事，要等戰亂之勢稍穩，接劉夫人回來親自為他操辦。

兵營裡，為這事又是一番灑然相賀。

石勒與張賓、劉靈、孔萇諸將議定麾兵東伐，從常山拔寨走出數十里，身後傳來一句「大將軍請接詔旨」的喊聲。石勒轉身回頭看去，是留在後尾收羅散兵的張敬，領了一位朝使騎馬趕來。石勒跪下接過詔旨遞給張賓唸了一遍，詔旨是漢帝劉淵親筆，說他已派劉聰、王彌再次率兵南征，命石勒為前鋒都督攻打壺關，爾後轉兵進攻洛陽。石勒不敢有違，即轉頭向西。

行進之中，劉靈在馬上不時回看一眼石勒。見他繃著一副不快的臉，問道：「不知何事令將軍心煩？」

石勒把馬腹一夾朝劉靈並轡上來，道：「我在想，前時出兵洛陽半途而回不過幾天，是何又向那邊用兵？」

劉靈鄭重了神色，道：「裨將也有同感，不知朝廷那邊怎麼想的？」

---

02 《漢武故事》載，漢武帝幼時曾說：「若得阿嬌作婦，當以金屋貯之。」後以金屋藏嬌泛指對嬌妻美妾特別寵愛，也泛指納妾。

隨在他們馬後的參軍張賓，插嘴道：「臚傳詔旨的使臣就在前面不遠，何不問問他？」

劉靈看一眼石勒，道：「可以問，但不宜直問，因為這不是我們這些做臣子應當知道的事情。」

第十七回　看畫圖追蹤救劉氏 劫囚車夫妻得團圓

第十八回
繞敵後陷阱墜劉靈 旗為幌霧嵐歿祁弘

第十八回　繞敵後陷阱墜劉靈 旗為幌霧嵐殁祁弘

　　見石勒並不阻攔，劉靈讓侍兵叫來朝使，拐彎抹角探問了底細才知，石勒、劉靈征戰鉅鹿、常山期間，晉漢兩方朝中皆變故頻發。晉懷帝司馬熾雖無大才，倒也天資清高絕俗，英明聰穎，比起那個暗弱無能的司馬衷要剛強十倍。司馬熾即位前，太傅司馬越和他的黨徒已經基本上控制了朝政。司馬熾秉國之後，援晉武帝司馬炎舊制，聽政東堂，每天朝見百官，親攬萬機，逐漸攬回部分皇權。太傅司馬越自然大不樂意，去了許昌，不久又移兵滎陽[01]，在那裡謀劃操弄朝權，攪得司馬熾威權失常，又沒有實力教訓他，自己遴選扶植了以前太傅何曾之孫何綏等一些務實有才的能吏，作為匡扶社稷中興祖業的棟梁，以企與司馬越抗衡。司馬越哪裡能容得下這股挑戰他權位勢力的存在，很快把司馬熾新擢任的那班臣子編織進一條預設的罪名裡，於永嘉三年（西元三〇九年）三月，盛氣詣闕殺氣騰騰帶兵入朝上殿，對司馬熾道：「老臣出守外藩，忠心報主，不想陛下您的左右捏造事實，誣告老臣為國不忠，圖謀作亂。老臣聞之，不敢袖手旁觀。」司馬熾問他何人作亂？司馬越隻字不答，只把一卷他編織著罪名的簡冊摺給司馬熾，然後向門外喊了一聲「王將軍」，候在外面的平東將軍王景[02]率三千甲士衝進宮廷，將司馬熾舅父散騎常侍王延、尚書何綏、中書令繆播、太史令高堂沖、太僕繆胤等十多位大臣押到殿堂，請旨行

01　三國魏置滎陽郡，治所在今河南滎陽東北古滎鎮。

02　有說王秉。

刑。司馬熾不准，司馬越竟把臉一轉，吩咐王景將所押之人交給廷尉[03]治罪，掉頭自去。人臣操縱國柄專君主之權，身為皇帝的司馬熾不能正常行使權力，救不下這些大臣，不勝羞愧地轉向王景，慘然說道：「你且帶去交給廷尉，告訴他說不要傷害眾人。」但司馬越暗命廷尉痛下殺手，王延、何綏等人全部遇害。

隨後，司馬越倚重權勢，任用私黨，在前次進封右僕射和郁為征北將軍鎮鄴城、王衍為司徒、王澄任荊州刺史、王敦任青州刺史之外，又趁朝臣空缺之機進將軍何倫、王景為左右衛將軍，宿衛宮廷。晉廷左積弩將軍朱誕見勢不妙，逃出洛陽，投奔漢國，詳陳晉廷內訌及洛陽城防細情，勸劉淵趁朝局不穩攻洛陽。

朱誕投漢之前的永嘉三年（西元三〇九年）二月，漢帝劉淵已從蒲子遷都平陽。他的兩次遷都，正是為了攻伐洛陽考慮的。當時漢國的太史令宣於修之上書奏言，說蒲子非久安之所，平陽陶唐舊都，勢有紫氣，又是翼蔽關洛之軍事要地，勸劉淵移都平陽，準備南伐洛陽、西取長安。漢國遷都之時，有人在汾水中得到一枚玉璽獻上。玉璽上鐫文「有新保之」，是漢朝王莽篡位所製，劉淵以為祥瑞，遂改元河瑞，大赦境內。

晉將朱誕來投和得到玉璽，劉淵都視為吉兆，預示晉將滅，漢當出，拜大將軍劉景為滅晉大都督，朱誕為前鋒都督，

03　秦置，職掌刑獄，漢承秦制，漢以後還沿用了幾個朝代。

第十八回　繞敵後陷阱墜劉靈 旗為幌霧嵐歿祁弘

率大軍沿河水向洛陽挺進。劉景一路攻下河水邊上的黎陽、延津，竟下令將三萬百姓和俘獲的官兵沉到河水裡淹死。劉淵聽到這一消息，怒不可遏，道：「朕欲除者司馬氏邪，百姓何罪！」立即黜劉景為平虜將軍，並下詔不准擅殺百姓。

儘管如此，劉淵還是詔諭再攻洛陽，於這年八月，派楚王劉聰率領王彌、石勒先拔上黨壺關，而後南下。漢軍的行動，同時有探馬報給并州刺史劉琨和當朝太傅司馬越。驚慌之中的司馬越，知道并州兵微將寡，急遣淮南內史王曠和大將施融、黃超帶兵救援上黨壺關。三將過了河水，高聳入雲的巍巍太行出現在眼前，人人心裡都有些畏懼，拖著兩條發軟的腿往太行山裡走。

此間，劉聰已攻破長子、屯留和壺關的西澗、封田，並從這裡轉頭南下，與王曠南來之敵在長平[04]相遇，晉兵陣腳大亂，施融死於亂兵，王曠、黃超落荒南遁，把守壺關的晉將龐淳，見援兵潰散，只得獻關投降。

劉聰重新收復上黨壺關後，擔心并州刺史劉琨、幽州都督王浚聯合鮮卑鐵騎馳援京師，留下石勒一軍牽制並幽二州之兵。

此留正中下懷。石勒早想在北方繼續征戰擴大影響，也好順便尋訪他娘所在。他站在陣列前，高高興興向劉聰、王彌參禮，道：「願殿下與王公馬到成功。」

04　在今山西高平北四十里長平村。

劉聰兩肩聳了聳，呵呵笑道：「你只管預備慶功酒好了。」

只是劉聰的海口誇得過早了。他渡過河水，紮營宜陽，尚未圍攻洛陽城池，就被晉弘農太守坦延以詐降計挫敗。楚王劉聰誓報此敗之仇，回到平陽只停留了一個多月，便統領王彌、劉曜、劉景點齊五萬騎兵、兩萬徒卒，再攻洛陽，屯兵西明門外。不等大軍到齊，劉聰就督兵強攻，又被當年曾大敗王彌的涼州猛將北宮純殺退，還死了呼延顥、呼延翼、呼延郎幾員大將，漢帝劉淵忙把劉聰召回……

※

安東大將軍石勒這邊，派部將張斯率一千騎兵時常出沒并州北面諸郡縣，攪得刺史劉琨像個救援刺史，今天遣部將救這個郡，明日派都護增援那個縣，忙得氣都喘不過來，石勒則趁此集中兵力復出常山，要在大司馬、大都督幽州刺史王浚頭上動武，想一舉平定燕趙。

王浚，字彭祖，并州晉陽人。他的父親王沈，是晉朝開國元戎。由於父輩聲威，王浚仕途自然一帆風順，先後從中郎將一直升到持節[05]大司馬、侍中、大都督，都督幽冀兩州諸軍事。他見鮮卑騎兵很強悍，就把一個女兒嫁給段氏鮮卑首領段務勿塵，另一個女兒嫁給宇文氏鮮卑別帥素奴延，還上奏晉廷

05　指所掌持的符節，即綴有犛牛尾的竹竿，是古代帝王賜封特定吏員和賦予一定使命的官員與使臣出行的憑證。

第十八回　繞敵後陷阱墜劉靈 旗為幌霧嵐歿祁弘

封段務勿塵為遼西公，與鮮卑、烏桓結成牢固的軍事聯盟，與舉世為敵。王浚與并州刺史司馬騰合兵討伐鎮守鄴城的成都王司馬穎、幫助太傅司馬越攻打長安時，全仗他的部將祁弘率領鮮卑、烏桓騎兵才取得勝利，藉以提高了自己的聲威，坐穩了幽州。

前時漢軍攻常山，王浚已經看出貪心不足的石勒很快會來搶奪他的地盤，便請求段務勿塵出兵討伐石勒，卻又忽見石勒大軍西撤。現在段務勿塵所帶鮮卑騎兵剛回去不久，石勒大軍又驟間返來，前鋒已進至范陽縣[06]南邊，迫使他重新遣使攜帶財物去向段務勿塵求助。段務勿塵見送來的財物不少，當下面對使者呵呵一笑，道：「看在與王都督多年交情的分上，我出兵。」

使臣快馬回告王浚，王浚迎接鮮卑騎兵入城，命大將祁弘與段務勿塵聯合十萬大軍征剿石勒。倚仗鮮卑騎兵的強勢，在封龍山[07]大敗漢軍。石勒見自己兵勢難振，急令撤軍南退五百餘里，到達河水北岸的黎陽附近。

封龍山之戰損失吏卒一萬有餘，石勒又痛心又氣惱，說這仗怎麼能打成這樣！

張賓陪石勒看望受傷的將士，為不影響士氣，大軍在黎陽只做了短暫的休整，就調轉鋒芒攻打冀州治所信都[08]。

06　此時治所在今河北定興西南故城鎮。
07　亦稱飛龍山，在今河北鹿泉南。
08　此時在今河北冀州。

坐鎮信都的晉朝刺史叫王斌，素有北方驍將之稱。這個稱譽將使他不得不在大軍壓境的時候，命親兵抬刀上馬，當先衝出城來。漢軍陣營的張噎僕，使的還是在武安臨水那邊當山大王時那把大刀，見來將也揮動一把大刀，就想刀對刀地戰一場，躍馬出陣與對方的大刀一碰，他的刀就彎成了鉤，石勒望見即讓劉靈接戰，王斌硬碰硬招架了兩下，背部受傷墜馬而死。

　　快騎報至漢廷，劉淵非常高興，差使持詔加劉靈為冀州刺史，命他北攻幽州滅王浚。詔令還說，劉淵已遣王彌伐齊魯[09]，命兩方相互呼應，迅速掃平幽冀之地。

　　石勒與劉靈、張賓制定出一套聲東擊西的攻伐方略，石勒與張賓直線北上抵至博水，劉靈從冀州西出，攻占了幾個縣城，再次危及幽州。王浚從祁弘撤軍時留在廣平、鉅鹿監視軍情的偵探那裡得到消息，急速召來文武幕僚，問道：「石勒膽大驍勇，又是在封龍山吃了敗仗之後的氣頭上來的，此來定然不善，誰可領兵退敵？」

　　都護王昌道：「以我看，石勒分兵兩路而來，意在分我兵勢，他好視情而擊，然最緊迫的還是劉靈這一路。」

　　王浚因道：「王將軍判斷有誤吧，劉靈已是西出，為何反比向北直進的石勒主力更要緊呢？」

　　王昌道：「聽說石勒謀士張賓精通兵法韜略，誰能斷定他用

09　指今山東地域。

的不是聲東擊西之略來迷惑我軍呢？探馬報說，石勒北進大軍人馬眾多，兵械輜重糧草拖拖拉拉都隨在其後，他的行進不會比劉靈所率的五萬人馬來得輕便快捷。」

在長期的征戰中，祁弘對一些征戰之事的推測比他身邊的這些偏裨將佐都高明，點頭稱道王昌道：「有理，劉靈非常勇猛。此人西出，恐怕是一招虛勢。向西一晃，很快北折，想擊我措手不及。」他轉向王浚深參一禮，繼續道：「如果都督以為可行，裨將這便出戰，倒要看看石勒謀士張賓，是否真能運籌於帷幄之中，決勝於千里之外。」

王昌站起來參禮，道：「祁將軍，若不嫌多，我可為你後援。」

一直在眼望王浚的祁弘卻說道：「都督如同意，王將軍可速率兵南抵高陽一線，在那裡阻擊石勒四五日。」

見王浚慢慢嗯了一聲，祁弘趕忙頓住聽他的下文。王浚半晌方擺動了一下臉，道：「你既說出戰，又讓王將軍去阻擊石勒，這不合理吧？」

那祁弘微微一笑，又略一看在座眾人，道：「我想從西繞到漢軍之後，先劫其輜重糧草，然後從背後猛打，讓石勒、劉靈想前進前有博水，想後退又無歸路。」望見幾個人的臉都扭過來看他了，他高揚一下頭，又微微笑著道：「爾等不用這般看我，只要想想這一計實施後，會是什麼景象？」

王昌不覺拊掌笑道：「你要用暗去明擊之略，為朝廷討滅這一大禍患，妙，妙。」

聽了他兩人頗具鼓舞性的戰略謀畫，王浚也信心倍增，站起來看一眼仰著臉還要說什麼的祁弘，轉向王昌，道：「王都護，你可以按祁將軍說的將兵出發了。」

祁弘與王昌並列向王浚參禮辭出。

※

這回祁弘走的是前次與段務勿塵去封龍山的路線，一直走到封龍山南邊進入一段半山丘地帶，忽有流星探來報，前面有漢將劉靈的兵馬。

祁弘大吃一驚，道：「啊……他識破了我的謀畫？」

劉靈在這裡出現，使祁弘想繞到背後奇襲的夢做不成了，下令縈營窺探劉靈此來動機。劉靈能到此處，源於他在行進途中遇見許多從西南來的百姓，他們是為了躲避幽州兵搶掠而逃到這裡來的。劉靈命人去做偵察，發現祁弘將兵從西南朝北進的漢兵背後迂迴，大有抄襲後路之勢，這便率眾掉轉頭又來了一個急行軍，南追幾個時辰，歇在一條溪水岸邊，讓各營拿出乾糧，部眾吃過，之後移營一座土山坡面的小路兩側等待截擊祁弘之眾。等了大半天，遙見西面塵土遮天，料是祁弘人馬來到，命道：「抬槍來。」

提槍上馬出營，與祁弘戟來槍去，大戰將近半個時辰，祁

第十八回　繞敵後陷阱墜劉靈 旗為幌霧嵐歿祁弘

弘感到劉靈防守嚴密，刺不到他的身體，迅疾轉戟戳向戰馬，那馬一倒，把劉靈摔下地來，一個馬上戰，一個地上戰。祁弘的馬跑得雖快，但又怎能比得上劉靈走及奔馬呢？很快劉靈也把祁弘的戰馬刺倒，祁弘掉下馬，兩人在地面上又交手多時，祁弘累得氣喘吁吁。掠陣的幽州將士見祁弘不敵劉靈，五將齊出圍攻上來，祁弘眼露凶光，朝他們大吼一聲：「都給我回到陣列裡去！」

聽他聲帶怒氣，五將遲疑說道：「將軍，此賊槍法不弱。」

祁弘斥道：「回去！」

那五將招架一下劉靈的槍，剛勒馬退回陣列，就看見祁弘敗了。

劉靈看他朝北逃走，收住腳步略加思索，認為祁弘確已耗盡了再戰的底氣，不像佯敗，才重新抬腳追了去。祁弘走在有些坡面的時候，左拐右彎擺出一種怕劉靈追上的樣子，劉靈雖然想到他怎麼這麼個走法，卻還是手持隨時都要刺出的鐵杆槍走捷徑緊追，剛覺察出一隻腳好像踩在空處了，全身早墜落到一個陷阱裡，阱底豎插的尖竹穿透身體，劉靈氣絕而亡。

在流星探稟報漢將劉靈率兵出現在前面的時候，祁弘猜到他與劉靈大戰的戰鼓將在那裡擂響，但他馬上又想到，劉靈的功力在他之上，若不用計取，很難勝他。所以在走過的路上選定了陷阱坑址，命兵卒限時掘成。

劉靈這就遭他暗算了。

※

　　石勒坐在中軍大帳，吩咐麾下眾將明日拔寨北進，配合劉靈取幽州，忽見帳門侍衛進來稟報：「前鋒將軍閻羆、高貢領了幾位親兵要見大將軍，說前方出了大事。」

　　石勒愣了一下，道：「快快傳他等進來。」

　　順門進來大帳的閻羆、高貢一干人，叫了一聲「大將軍」，就撲通跪倒，一把鼻涕一把淚，哭聲震天動地，更為石勒增添了驚慌。他起身走出案前去攙扶，閻羆、高貢等人已被石會和冀保扶了起來。石勒見他們臉上、手上、衣甲多處是血，著急地問道：「快說，出了什麼事？」

　　閻羆復又跪下，哭泣不止，道不出話來。石勒由急變怒，斥道：「又不是死了誰，哭成這個樣子做什麼？」

　　依然抽泣不止的閻羆說道：「……是死了……死了……」

　　石勒搖頭嘆了一聲，放平聲氣，道：「我那是說急話，閻將軍快不要在這裡口出不吉之言。」

　　斜倚在冀保身上傷心痛哭的高貢也跪下，強抑悲痛，說道：「劉靈將軍他……他死了。」

　　打仗嘛，沒有不死人的，但在石勒的想像裡劉靈是不可能死的，所以他非常驚訝道：「呃，劉將軍？劉將軍怎麼會死呢？」

第十八回　繞敵後陷阱墜劉靈 旗為幌霧嵐歿祁弘

　　高貢道：「大將軍呀，事涉劉將軍，裨將豈敢說謊！」

　　悲切低沉的回答，讓石勒心情越來越沉重，呆了一樣，半天都沒有說上話來。閻羆望他一眼，道：「是誤中幽州大將祁弘奸計，墜入陷阱，陷阱底的尖竹穿了他一身窟窿。」

　　氣喘吁吁的石勒大邁一步，兩手抓住閻羆的兩條臂膀，狠狠晃動，將發自內心的詰問全都集中在這晃動上，喝道：「你們幾個為何不救，為何不救？」

　　閻羆道：「事發突然，我們幾個沒有趕得上呀，大將軍。」

　　石勒轉問高貢，道：「是這樣嗎，高貢？」

　　高貢低著的頭遲緩地點了一下。

　　帳門開處，又進來幾個兵卒，身後像尾巴一樣拖進一連串唏噓，跪道：「劉將軍死得好慘……祁弘命人畫了屍體……圖樣報功……大將軍，您得為劉將軍報仇……」

　　石勒奮袂怒目，吐了一口憋悶的氣，在帳中咚咚走動，咆哮著說不殺祁弘，他胸中之恨難消！張賓離座站起扶石勒往下坐，道：「明公您坐下，坐下來消消氣。」

　　石勒把張賓扶他的手撥開，發狠道：「不用安慰我，我要的是斬殺祁弘的計策，使他一命還一命。」

　　張賓道：「您且安坐，殺他之計我來出。」一轉身軀問閻羆：「劉將軍在何處死的？」

　　閻羆回道：「大方向在封龍山東南面的一處土坡。」

張賓瞪起眼，道：「他怎麼去了那個地方？是不是發現了祁弘妄圖轉到背後襲我？」

　　石勒嘆道：「走的時候明明知道我殿軍安插有張敬、呼延莫幾員大將，他也不知會一聲，毛毛躁躁拐到那裡去堵擊，白白送了性命。」轉臉看眾人，又道：「爾等歇息去吧。嗯，別的將軍呢，別的將軍沒事吧？」

　　這時候高貢的頭緩慢抬起，說道：「桃豹、劉寶、趙鹿在掩護將士撤退時受了傷，走得慢，郭敖將軍在後面招呼他們幾個，讓閻將軍和我先來稟報大將軍。」

　　石勒向外揮揮手，閻罷等人俯首躬身倒退出帳。石勒扶張賓坐下，命他疾速想一策。張賓遲遲不吐一字。他從剛才兵卒所說的祁弘讓人畫了屍體圖樣報功一事想來，那祁弘可能會以殺掉漢軍一個平北大將軍居功，不會很快出戰。要殺祁弘，先得把他調動到陣前來。石勒見張賓半天不出聲，返到座位一坐，又手托几案站起，張賓嚇得撲通跪下。石勒當下後悔不該對張賓使氣，快步走出案前去攙扶，滿口謙辭扶張賓坐下之後，說道：「殺祁弘有難處？」

　　張賓沒有直接說祁弘不會很快出戰的想法，只說了一聲過博水有些難，便闔上眼皮細想那年北去這條河的情形，好像一眼看到從博水入滏水處往西的水勢。他站起來踱了幾步，請石勒差遣數千兵馬攻過博水，將王昌的兵力吸引過去。

第十八回　繞敵後陷阱墜劉靈 旗為幌霧嵐殞祁弘

　　依計而行過了博水，一陣掩殺，王昌退守高陽城。將士們要趁勢架雲梯攻城，張賓勸他們不可急攻，不然王昌棄城逃走，還憑什麼殺祁弘。

　　實在氣憤難忍的石勒，又冒起火來，道：「我說不清你怎麼想的，圍住高陽就能殺祁弘？」但他皺眉又一想，馬上轉了語氣，道：「我明白了，你想困住王昌的幾萬兵馬調來祁弘。」他手撚長髯停了片刻，問道：「若祁弘不來救王昌呢？」

　　孔萇望一眼張賓，道：「據裨將所知，祁弘是幽州第一狡猾之將。他若識破我圍而不攻之意，一定會藉故推託不來。」

　　張賓笑了笑，道：「不來還有不來之策。」

　　看見孔萇和閻羆幾個將領的目光同時轉向自己，張賓怕他們問，先說出了一個假設——在王浚麾下，王昌也算數一數二的戰將，即使祁弘不願伸出援助之手，恐怕王浚也不會袖手旁觀。這假設，將帳裡壓得寂靜下來。張賓吩咐各位將軍下去傳令，對高陽那邊縋城牆而下的人，看見裝作沒看見，由他們自去。因為他估計王昌會差人偷偷縋城去搬兵，這有可能催祁弘來得快一點。

　　圍高陽只不過幾天，石勒便坐不住了，命伺候在帳的石會傳來張賓，說這一計沒用，讓他另想一計。

　　胸有成竹的張賓，說他正有一個想法請石勒拍板。石勒道：「不管你又有的想法是什麼，先給我派兵攻打他治所周邊幾個郡縣，狠狠……」看見張賓在笑，氣得石勒繃起臉，問道：「怎

麼？你嫌我的辦法不好？」

張賓拱手，道：「笑您說的剛好是張賓想請您斟量的第二策
—— 派遣幾位將軍攻略臨近郡縣，行動要快速猛烈，顯出銳不
可擋的氣勢，讓王浚看出不派大將來抵禦，很快會攻到他的藩
鎮之地幽州治所，看他派不派祁弘來！」

兩人所想如出一轍，石勒也笑了，旋時命孔萇、閻羆、呼
延莫三員大將各率兵馬而出，連拔中山郡[10]等三城，但仍不見祁
弘有何動靜。石勒傳來張賓、張敬、刁膺、孔萇、夔安、支雄
商議非要直攻幽州治所不可。對直取有不同看法的人，都低頭
思索拿什麼理由來說服石勒，帳門外有人接辭道了一聲：「憑
今日大將軍兵馬之盛，足可一戰傾覆王浚巢穴。」眾人扭頭一
看，見是郭黑略。郭黑略是來稟告糧餉的。他這一說，更點燃
了石勒直取的火焰。眼看就要拍板點將了，孔萇暗裡伸手捅了
捅張賓，張賓知孔萇用心，但他這時很為難，因為不願攖石勒
直取之意，又不能不改變直取另出奇計，所以他怯怯地前移少
許，兩手抬起小心一參，說道：「如今的幽州治所已不是漢時
的薊城[11]，而移至涿縣[12]。此城西南臨涿水，其水經涿縣城西，
流經東北注入塵水。我若長途跋涉去攻此城，不占地利，耗時
難下，還是先不要直取。」

10　郡治在今河北定州境。

11　在今北京城西南隅。

12　秦置，治所在今河北涿州。

第十八回　繞敵後陷阱墜劉靈 旗為幌霧嵐歿祁弘

石勒見張賓說話語氣由拘束漸漸變得從容起來，推斷他可能又有了好計，問道：「你直說吧，再用什麼招數引出祁弘？」

張賓微笑道：「有倒有，但請明公您與您的『石』字大旗聽我調遣。」

眾人愕然。

石勒猶豫著雙手向下猛一按，待帳裡靜下來之時，舒一口氣，道：「這……」馬上和緩了臉色一挑眉，直看張賓，道：「這有何妨，可以。」

張賓往中間一站，一口氣點出四將，分兩路出戰去了。

等候在大帳的石勒，見大將軍旗幟調給支雄、趙鹿高高擎起往盧奴城[13]那邊去了，是不是忽略了點他石勒的名字？其時張賓已注意到石勒的臉直朝向他，轉身前走幾步俯首施禮，道：「明公且穩坐大帳靜候探馬消息，待三五日王浚來救王昌，我陪您去殺祁弘。」

石勒連搖幾下頭，道：「我估計又會落空。」

張賓沉穩笑笑，道：「他會來的。」

事隔兩日的深夜，臥榻上的石勒突然叫了一聲：「劉將軍，請坐。」伺候在大帳的張敬、石會走近榻前，問道：「大將軍您……您沒事吧？」

叫聲喊醒了石勒，石勒披衣坐起，說道：「我看見劉將軍

13　在今河北定州。

了，進來大帳一閃就不見了。唉，他半世英雄竟歿於祁弘暗算，可惜啊！」深嘆了幾聲以後，轉向張敬，道：「去叫張參軍來見。」張敬拱了拱手出去，很快領了張賓進來大帳，石勒早等在座位上，問道：「適才石會說你到外面去了，是去看天氣了，還是找偵探詢問幽州那邊有無軍牒到來？」

張賓道：「我在山岡上看了一陣子天氣。」

石勒眼望帳門，道：「雨停了？」

張賓答道：「雨勢稍殺，冥然霧來；霧一收，恐怕又是輕風慢雨。這一天多，一直是這般雨霧交替。」

急著殺祁弘的石勒，抬手止住張賓說天氣，又把朦朧中看見劉靈的事說了一遍，問道：「這又兩天了，還是沒有那邊的消息。你光說他會來會來，來了哪呢？憑著飄在盧奴的那面旗的虛張聲勢，他就來了？」

臉上略露笑意的張賓，點頭道：「全憑這個虛張聲勢。這叫以旗代人，出奇殺人。祁弘善用兵，兩次以奇勝我，今可能防我以奇還他一役。然他不可能識破以旗代人之計，而我之實使其趁我重兵在盧奴之隙來救王昌，大約不出幾個時辰便會有消息報來。」

真讓張賓猜對了，聽聞帳外高喊一聲「報」，守門侍衛領了兩個偵探進來大帳，張賓不等他們跪下稟報，急問一聲：「幽州出兵了？」

139

第十八回　繞敵後陷阱墜劉靈 旗為幌霧嵐殞祁弘

跪下去的高個子偵探答道：「幽州刺史親率大軍來救高陽。」

石勒聽了立刻站起，道：「所來將領有沒有祁弘？」

高個子偵探道：「稟大將軍，有。他領兩萬騎兵和徒卒為前鋒都督，估計明日午時前後可到高陽。」

張賓對高個子偵探道：「你速去盯緊前鋒祁弘，隨時報來行進速度和位址。」

高個子偵探道：「是。」

待高個子偵探退出帳門，張賓又聽了聽矮瘦偵探探到的段務勿塵的行動情勢，轉向石勒，說道：「明公，今日您可以出戰了，趁霧襲殺祁弘。」他請石勒走到帳外，指了指通往涿縣城的泥濘路面，說祁弘來救高陽就走這條路。從這裡往西去二十餘里，有很大一片灘地，生長著低矮而密實的柳樹，叫矮柳灘。石勒帶領張敬、孔萇、閻羆一干戰將，按張賓的安排，連夜將兵埋伏到那裡等候。

與眾將一樣，石勒身穿犀甲外披、棕皮雨披，在雨霧之中來到矮柳灘這片溼地。此際這裡水汽接霧氣，霧氣接矮柳，柳有多密，霧就有多密，柳垂霧繞，甚為神奇。石勒裡外看過，吩咐諸將各領本部人馬隱蔽在矮柳裡。次日午後不久，高個子偵探飛馬來報，祁弘兵馬已近伏擊之地。

※

祁弘計殺劉靈，帶給他的是功勞，也是恐懼。

因劉靈之死，祁弘以為石勒與張賓肯定會進行瘋狂的報復。那天他向王浚交上劉靈屍體圖樣後，說自己於路途偶染微恙，需要調養些日子，王浚微笑著看了他一陣子，允他暫且歇在兵營。歇到第三天夜靜時分，高陽告急，王浚屢命祁弘出戰，他都以微恙未癒推辭。祁弘雖在兵營調養身體，可他私下裡派出去刺探軍情的探馬接踵不斷，所有前線戰情都一一掌握。這天，東南風輕吹，烏雲密布，很快又灑下細細雨絲。早看出祁弘假裝「微恙」的王浚，這時候出門望了望天，隨即下了死命令，命祁弘為前鋒都督，自為中軍，冒雨去救王昌。時刻關注雨霧走勢和戰事消息的祁弘，接到出兵將令，立刻跑出城外來看天氣，直想著大霧之中行軍的危險，面對的又是狡獪的石勒與張賓，所以他急急忙忙進見王浚，下跪諫道：「如果大都督還信得過裨將，請稍等半日再出兵。」

　　王浚問道：「你說這又是為何？」

　　祁弘道：「大都督要這麼問，裨將只得如實回稟了：其一，今天的霧出奇的濃，這般天氣頗不利於行軍打仗；其二，今日天微亮，裨將派出去的人來報，石勒領兵圍攻盧奴城。裨將又差人去核實了，若此報準確，方可乘隙去高陽救王將軍。」

　　可王浚不想等，又沒有別的將領可遣，鬱悶著低下頭等在廨庭，直等到天黑下來，祁弘又來進見，說他派去的人已經探明了，書有「石」字的漢大將軍旗確實在圍攻盧奴的漢軍兵營。

第十八回　繞敵後陷阱墜劉靈 旗為幌霧颭歿祁弘

盧奴與高陽中隔博水，天雨又不斷增大，水勢暴漲，石勒想回兵高陽也無法過博水。部將高集看一眼王浚，見他尚在思慮之中，拱手參禮，道：「那面『石』字將旗會不會是個幌子？」

祁弘搖手，道：「不可能是幌子。去的人親眼看見一干將領和侍衛扈從石勒進了兵營，裡三層外三層地布下許多守衛兵將。」

王浚道：「所去的人確實見到石勒進入兵營，此事假不了。」他忽然仰瞼呵呵笑著抬了一下手，道：「真是天助我也！」

王浚立即命祁弘連夜出兵，又派使知會段務勿塵領兵走東路南折合攻圍困高陽的漢兵。

領兵出城的祁弘，一路不停地觀望天空。雨倒沒有多大，溼漉漉的霧氣卻有增無減，並且愈是往東南越濃，眼前遮擾，身後牽扯，纏纏綿綿，推不離，甩不掉。這使祁弘有些害怕：這石勒和張賓要借霧暗襲呢？祁弘盤桓路途，派快騎折回中軍進見王浚，提議就地安營紮寨，待雨息霧散之後再進。王浚不聽勸諫，祁弘只好派遣出一個百餘騎的前哨，向前探查數十里回告說，一路大霧彌漫，視線範圍之內倒也平靜。得了這樣的稟報，祁弘又往前走，到了距離高陽幾十里的地方，進入一片矮柳茂密的溼地，他立刻命一干侍衛朝兩邊和前面探查了一遍，說道：「我看張賓也只徒有虛名。他若知兵，在這裡埋伏下數千兵馬，焉有我祁弘的命在？」

忽聽矮柳裡吹響了海螺號，喊殺聲霎時而起。祁弘惶恐駐馬望一眼披著縷縷霧嵐的那片莽蒼矮柳，驚叫道：「有伏兵！」

　　部眾聽出祁弘的叫聲充滿慌亂，當下惶遽四散，只是漢兵的弓箭手封死了前面，卡住了後路，祁弘雖是調轉了馬頭想往回跑，身邊矮柳裡早鑽出一員漢將，喝道：「石勒在此，你祁弘魂可以走，骸留下。」

　　祁弘慄然而驚，隨又笑道：「待本將軍先殺了你這個假石勒，再去盧奴捉真石勒。」

　　石勒道：「你祁弘小兒也有上當的時候，那是本大將軍部將所扮。本大將軍就是以旗為幌子，用霧掩蔽，伏兵於此取你性命的。」

　　祁弘還是以為這人是假石勒，在說大話騙他，不想與其逞口舌之勇，狠狠一戟刺去。石勒手中畫戟把祁弘刺來的畫戟向下一壓，祁弘用了一些力氣挑起，細看一眼對方的面孔，和傳說中的高鼻深目一樣，暗道石勒不假。祁弘當下明白石勒、張賓耍了計謀，專來此處殺他，但他又不信這回真能死在石勒戟下。他一挺身軀，與石勒兩支畫戟戰在一起，見自己身邊很多將領和兵卒倒下，不由得回掃一眼掩在霧氣裡的退路。只是這一回掃，石勒畫戟的橫鉤鉤住了他的畫戟，把他拖下馬來，復一戟向咽喉刺去，道：「你自稱出世以來沒有逢過對手，今如何？若不服，起來戰。」

第十八回　繞敵後陷阱墜劉靈 旗為幌霧嵐歿祁弘

　　向來傲視群雄的祁弘，此時羞愧滿面，覺得無顏再見天下英豪，用力擺一下手，道：「不必了。」

　　祁弘默默嘆息一聲，以最大的勇氣猛出雙手拽住石勒的戟尖，引頸受刃自決。

　　駐紮路途的王浚中軍大帳門外，有人「大都督、大都督」張惶失措喊叫而來。王浚的侍衛掀開門帷一看，竟見祁弘部下幾個將領從馬上跳下，進了大帳跪倒哭泣，道：「祁將軍他中伏罹難，死於賊將石勒戟下。」

　　意想不到的稟報，令王浚大驚失色，半晌才緩神站起，道：「爾等那麼多將領做什麼去了？」

　　幾個將領邊抹眼淚說道：「借霧掩身埋伏的賊眾，遽然破霧而出，其勢猛烈異常，出陣去救的幾個將校也都死在那裡了。這回出戰，祁將軍怕的就是霧，最終還是受了霧的害。」

　　這下王浚更有些心驚，慌忙上馬竄回幽州治所，上表晉廷派兵馳援，倒是段務勿塵的三千快騎，殺進高陽救走了王昌。

　　王昌被救走，石勒心下很是不甘，率領大軍北驅數十里。桃豹從後面趕上來，下馬參禮，道：「張參軍差裨將來請大將軍回師為好。他說涿縣城本來就不易攻取，今王昌逃回必然加強防守，更難攻打了。」

　　這時候，張賓在夔安護持下騎馬來到，參禮道：「張賓不放心，也趕來了。」

在路上，張賓猜測石勒會有急切北驅之意，也按他的猜測想了一些如何勸石勒回軍的說辭。他眼望石勒，笑道：「明公想以追殺王昌為名，行一舉攻破涿縣城之實，輪不到王昌回去與王浚合計設障防禦，幽州地盤就另易其主了。然王昌逃走已過半天，若是追不上呢？若是鮮卑騎兵探到涿縣遭受攻擊而又返來做掎角之救呢？以張賓之見，前追不如後撤。」

石勒其時雄心萬丈，聽不進任何人的勸，說道：「我現下派五千輕騎尾隨王昌兵馬之後，他前腳過涿縣城吊橋，我輕騎後腳就到；他來不及關閉城門，輕騎倒一哄而入，占領了涿縣城，這多解氣。」

看出石勒咬定北進不鬆口，張賓「只怕徒勞」四字尚沒出口，留守鄴城的刁膺、程遐、王陽接連兩次派遣快騎來報，說晉廷太傅司馬越得到幽州告急，命車騎將軍王堪和北中郎將裴憲，從洛陽將兵北上，前鋒接近河水。

石勒顯然不願捨北南還，對孔萇說道：「給你五千快騎，南返至河水北岸堵擊晉兵二將十日如何？」

孔萇一臉遲疑，道：「五千？十日？我怕難以勝任。」

耳聽這般口氣，張賓對孔萇道：「以十日為限來看，兵是少了點。然而，只看孔將軍如何利用河水了。用得好，一槽河水可頂數萬之眾！」

第十八回　繞敵後陷阱墜劉靈　旗為幌霧嵐歿祁弘

　　石勒開心一笑，道：「聽聽，爾等聽聽這見識，這才是兵家眼光。命你河水北岸堵擊，是讓你憑河水之險。」

　　孔萇道：「鄴城是將士鮮血之城，茌平是大將軍起事之地，我軍的糧草輜重又都在那裡。」他眼皮微合，覷一眼石勒，道：「那裡是不是大將軍來日落腳之處，我不敢斷言，可眼下絕不允許晉軍來竄擾。」

　　說不清哪句話，觸動石勒轉了念頭，他說那就先顧南面了。頃刻下令大軍後轉，面南疾行，而他左手叉腰，右手提鞭，定定佇立直望北面。張賓向桃豹指了指石勒，桃豹一頭俯下參禮，道：「請大將軍上馬。」

　　又停了許久，石勒才意猶未盡地說道：「王浚，我就讓你再多活幾日。」

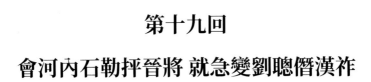

第十九回

會河內石勒抨晉將　就急變劉聰僭漢祚

第十九回　會河內石勒抃晉將 就急變劉聰僭漢祚

　　石勒帶著沒有踏進涿縣城的遺憾，回到河水北岸的黃牛壘屯紮，排開陣勢，以待晉軍。魏郡太守劉炬，見石勒兵多勢大，遂率其吏卒投降，石勒讓劉炬自領他的部屬為中軍左翼，又揮師南移至黎陽，與晉朝征討之將王堪、裴憲隔河相望。

　　劉炬之降，動搖了前來征討石勒的晉軍軍心，北中郎將裴憲帶了親兵往南逃跑了，一些部將勸王堪也走裴憲的路。王堪猛一縱身站起，抽出佩劍執在手上，臉色冷峻地說道：「還有誰想逃？」嚇得一干戰將俯首彎腰退了下去。但他也只是做做樣子，在他所帶的將士裡，有一部分是司馬越從五營校尉府和左右衛將軍的兵馬中臨時調撥過來的，怕這些人私下裡和司馬越傳遞小話，無端加害。實際上他心裡惶恐得很，悄聲選擇了一個天晴氣清的日子，到白馬津堤岸騁目望了望扼守北岸一線，旌旗蔽日嚴陣以待的漢軍陣營，無論怎麼盤算都以為戰不如退，詭稱且退一箭之地，待漢兵半渡而擊之，當天便回兵朝南返去。

　　身居平陽宮廷的漢帝劉淵，聞石勒不戰而勝，再加封石勒為汲郡公，持節都督，王如故。

　　對於這樣的詔封，石勒認為不是個好事。自依漢封王以來，屢屢聽到一些匈奴貴冑不滿劉淵封他王爵稱號的聲音，今日再加封郡公、持節都督，豈不是又一次給了那些人說閒話的機會？所以他微微一笑，對前來宣旨的使臣行禮說，主上已經給了他無量的封賞，自己的爵祿已至人臣之極，怎能再受詔封

呢？當天就呈表上奏婉辭平晉王爵位。宣旨使臣攜帶他的辭呈回到平陽，漢帝劉淵看了奏表，高其節，發詔准奏。

　　其間，石勒問王堪去向，偵探說王堪逃跑到倉垣城[01]去了。石勒馬上與張賓計議，率領部眾潛至石橋渡河，占領白馬[02]，坑殺男女三千餘口。隨即與王彌聯合東襲鄄城[03]，斬兗州刺史袁孚，逃到倉垣的王堪城破身亡。再轉攻河水北岸的廣宗[04]、清河[05]、平原、陽平諸郡縣，歸順者九萬餘口，戰績斐然。但在以精銳騎兵閃擊苑鄉時，大將閻羆中流矢身亡，石勒並統其眾，帶領大軍來助楚王劉聰攻河內郡前治所懷縣[06]。

　　懷縣城在沁河北岸，隔沁河對岸是武德[07]。傳說昔日秦始皇[08]東巡在此逗留，詔命於此築武德城，自以「武德定天下」故名。區區戶丁的武德小城，從來不是屯兵重鎮，因它位置靠北，又是懷縣的近鄰，所以晉懷帝司馬熾把它放在與防禦漢兵南犯的滎陽、懷縣、溫縣同等重要的地位，派重兵駐守。這天

01　在今河南開封北。

02　秦置，治所在今河南滑縣東。

03　秦置，在今山東鄄城舊城鎮。

04　西漢置，治所此時在今河北魏縣東南二十里古城。

05　三國魏置，縣治在今山東臨清北。

06　秦朝時是河內郡治，治所在今河南武陟西，此時西晉已將其郡治移至野王，即今河南沁陽。

07　秦置，在今河南武陟東南十四里大城村。

08　名嬴政，秦莊襄王之子，戰國時秦國國君，後建立秦王朝，西元前二四六至前二一〇年在位。西元前二一〇年七月病死沙丘，即今河北廣宗西北八里大平臺，傳子胡亥。

第十九回　會河內石勒抨晉將　就急變劉聰僭漢祚

太傅司馬越上殿見駕，帶來漢軍楚王劉聰驟間轉兵進攻懷縣的消息，嚇得司馬熾忙召集臣僚議定差遣冠軍將軍梁巨，奉旨銜命赴武德鎮守，聲援懷縣。

梁巨剛進武德城，偵探就報說漢軍劉聰、劉曜的兵馬已將懷縣城圍困。梁巨督兵渡沁河來救，遇到石勒與平北大將軍王桑的騎兵趕來，兩軍在長陵大戰半天。開始時，石勒軍遭受暗襲，損失數百人。梁巨得勢正領兵大殺大進，前面忽閃出兩員大將，一是王桑，一是支雄，兩人力扭戰局，大敗梁巨，梁巨逃回武德城。

梁巨登城觀看，見石勒的兵馬黑壓壓一圈布在城周圍，旗幡招展，陣容不亂，甲冑顯亮的將領們都站在士卒的前列待命。梁巨看著陡然害怕起來，兩腿顫抖著下來城頭，踏進帳門，不及卸下盔甲而癱軟在座位上。跟隨梁巨多年的侍兵，原先是侍奉梁巨爹娘的僕童，見梁巨臉色灰白，料定他在憂慮自己的處境，就低沉叫了一聲「將軍」，說道：「您爹娘、妻孥的奉養照看，全靠您了，不可與戰。」

梁巨上身挺起，斥道：「此事輪不到你來指教，出去！喂，回來，你說不戰怎麼辦？」

侍兵道：「城外的陣勢，小人都看到了。若出戰，與您對陣的人沒有一個不是悍將，戰下去後果怎樣，將軍您比小人更清楚。」看見梁巨瞪著兩眼看著他，侍兵心裡有些犯怵，又不能不

把話說下去，道：「不能打這種打不贏的仗，不如先降了漢軍再說。」

「降」，是梁巨不好接受的一個字眼，不降又沒有別的路可選擇。晉的氣數到了今日這般地步──國運衰微，江河日下，還能維持幾時？有朝一日，晉成了亡國之晉，自己還不照樣得降。梁巨忐忑不安想了半晌，提筆濡墨草就一份降表，大意是：將軍若納梁巨這個敗將，願獻城出降。

送降表的使者等在帳外，把守帳門的侍衛把那份降表捧在手上進入大帳，跪呈上去，正為梁巨的暗襲煩惱的石勒看都沒看，拿起來隔門扔了出去，斷了梁巨的投降之路。

桃豹知道石勒心疼幾百精卒之死鬱悶不悅，邀了支雄、冀保來大帳看望，在帳外撿起降表看了一眼，進帳參禮，道：「梁巨願獻城降我，省了廝殺。」

怒顏悶坐的石勒猛揮一下手，道：「不用他獻，我能力克此城。」

若是在平常，石勒也不至於不給他幾個面子；現在不一樣了，心裡接受不了殺他那麼多精卒的梁巨，不管桃豹、支雄、冀保怎麼勸，他就是不從。站在旁邊的石會，暗中向桃豹他們擺擺手，三人乾站了一下子，道：「大將軍沒有別的吩咐，吾等就告退了。」

石會望望石勒的臉色，拱手將桃豹三人送出營帳。

第十九回　會河內石勒抨晉將 就急變劉聰僭漢祚

在石勒的指揮下，將士們攻城愈加猛烈。眼看城池難保，梁巨急忙預備下一根長長的繩子，待至夜深，獨自從城牆順繩縋下，一著地，就被圍城的漢兵擒獲。

城中兵卒見梁巨不顧五萬官兵和百姓死活而自己逃走，第二天晨光照亮，就打開城門放漢軍進入。石勒入城升了大帳，石會等一干侍衛站立兩旁，喝令押梁巨來見。梁巨滿臉惶恐被推至石勒面前，撲通跪倒連連叩頭求饒。

石勒仰臉問在帳眾人，道：「這樣的人能饒嗎？」

張賓道：「晉廷將領為何敢不戰而逃？就因刑辟失度，賞罰不明。原平陽太守宋抽，逃回朝中沒有治罪，還升了爵位；東瀛公司馬騰，不守晉陽，逃到鄴城，反封了王，不戰逃命是功，不是過。晉廷的官員、將領很少有人為國朝存亡而竭力作為，便是這個道理。」

石勒朝向張賓，說道：「不過這對我軍將士倒是一件好事，很快便可以攻破洛陽，滅了晉朝。」然後大吼一聲，道：「梁巨，你聽見了沒有？你受國重任，不思盡職奮勇守土，使你的主上都快要成了亡國之君了，你還想活命嗎？」

梁巨霎時蒙了，跪爬在地半晌不敢動彈，瞪起兩隻恐懼的眼睛，哭道：「大將軍呀，爹娘生我一回也不容易呀，您就寬恕梁巨這一回吧。」

石勒依然搖頭不允。

梁巨已知在劫難逃，無奈求道：「大將軍，您既不能容梁巨生，梁巨只有死了。可是，可是我梁巨上有七旬老爹、六旬老娘，二老將如何活。世上再賤的命也是爹娘養的，報答爹娘養育之恩理所應當。現下我這條賤命將要歿了，只能託人代我奉養老爹老娘了。大將軍，請允許敗將梁巨見見我的侍兵，見見他，我就受死。」

石勒差人將梁巨的侍兵找來，侍兵見了梁巨，雙腿一屈跪到梁巨身後，哭道：「將軍啊，小童來了。」

聽見哭聲，梁巨身子一轉，拜道：「梁巨拜見小童。」

侍兵連忙朝前一爬，拜道：「您是主人，小童先拜主人。」梁巨的頭又朝地下磕去，道：「梁巨先拜你。」侍兵兩手托地彎下腰，梁巨伸手把他扶起，道：「你聽我說，奉養二老就託付給你了，先受我一拜……」

梁巨恭恭敬敬地朝侍兵一拜，回頭又朝石勒一頭叩下，道：「叩請大將軍開恩，放小童一條生路，由他代梁巨為二老送終。」

看到梁巨痛哭失聲，石勒道：「依你，放他一條生路。」

石勒挺身站起默視張賓、王桑、孔萇、張敬、刁膺，見他幾個人都默點了一下頭，即命武士將梁巨押出去斬了。

斬了梁巨，石勒恨氣還沒有全消，又把跟隨梁巨抵抗漢軍的降卒驅進濁浪滾翻的沁河，水面上很快漂浮起屍體。

第十九回　會河內石勒抨晉將　就急變劉聰僭漢祚

※

失了武德，懷縣陷於孤立。晉懷帝司馬熾把司馬越召進殿堂，問他誰可馳援懷縣。司馬越扳著指頭數了半天，施融、王曠、王堪、裴憲這些長於征戰的將領，為國殉職的殉職，怯陣逃走的逃走，以為朝中已是將稀兵寡，沒有戰將可遣。

君臣兩人殿堂犯愁，殿門衛士入殿俯首稟報說征虜將軍、尚書左丞[09]有奏表呈遞，司馬熾命內侍將奏表傳上几案，著目一看，是宋抽請旨撥給糧餉操演兵馬的，氣得凜然一望殿門，道：「操演兵馬，早做什麼去了？」

司馬熾狠狠地將奏表扔下去，司馬越彎下腰撿起來看了看，身軀一俯揖禮，道：「陛下，可否欽點宋抽領兵赴懷縣解圍？」

司馬熾很清楚宋抽在平陽任上不戰而溜回京師，道：「這宋抽能救得了懷縣？」

司馬越道：「眼下朝中沒有別的人呀！」司馬熾喟嘆一聲，道：「也只有點宋抽了，速傳宋抽觀見。」

司馬熾命宋抽於城內招募兵卒數萬出洛陽東門，直奔懷縣而來。還沒有離開懷縣城的河內郡太守裴整，統督兵民與劉聰相持四十餘日，待石勒與部將王桑擊潰宋抽援軍返來懷縣加大攻勢，城內官兵捆綁了裴整獻城。漢帝劉淵欽佩裴整是一位治兵老手，又深諳統兵御民之道，沒有殺他，任命其為漢國尚書左丞。

09　四品，屬尚書省官員。

河水以北、太行山以南，已無晉兵實力，劉淵遣使詔諭楚王劉聰、始安王劉曜[10]以懷縣為據，預備船筏過河攻取洛陽。石勒與王桑沿河水東伐，在延津渡河直取滎陽。滎陽太守棄城出逃投奔司馬睿去了，滎陽、虎牢[11]等地都被石勒占領。

※

漢河瑞二年即晉永嘉四年（西元三一〇年）一月，做了四年漢王三年皇帝的劉淵，冊封單徵之女為皇后，皇子劉和為皇太子，大赦境內。

這年秋七月初，劉淵患病，臥榻不起，召楚王劉聰、始安王劉曜回朝。

第二天，劉淵半臥半坐在病榻，急急忙忙召來王公大臣，口諭身後由太子劉和即位，還加封了一大批上層臣宰：陳留王劉歡樂為太宰，長樂王劉洋為太傅，江都王劉延年為太保[12]，楚王劉聰為大司馬、大單于錄尚書事，在平陽城西築單于臺。其餘三個兒子，封北海王劉乂為撫軍大將軍兼司隸校尉，齊王劉裕為大司徒，魯王劉隆為尚書令。始安王劉曜、廷尉喬智明諸人也都晉升了官爵。

10　此前已封王。

11　在今河南滎陽西北汜水鎮，秦於此置虎牢關，後名成皋，西漢置成皋縣。

12　晉時除官品之外有八公、上公之說，太宰、太傅、太保在八公之列，實則為通常說的三公，皆金印紫綬。

第十九回　會河內石勒抨晉將　就急變劉聰僭漢祚

　　七月十六日，劉淵召太宰劉歡樂等人進宮，接受遺詔，輔佐太子劉和治政。又過了兩天，劉淵駕崩光極殿，太子劉和繼位。

　　史書上說劉和身長八尺，雄毅美姿儀，自幼好學夙成，但是立為國儲以來，變得內多猜忌，御下冷酷寡恩。現今剛承位登基御政，即演繹了一場自亂其國的人生悲劇。

　　言及這場悲劇的釀成，必得先從新皇帝的舅父呼延攸說起。

　　呼延攸是劉淵前皇后之兄呼延翼之子，官拜宗正[13]。呼延攸無才無德，劉淵始終不願升遷他的官職。劉淵一死，他便對同樣沒有得到重用的西昌王劉銳說劉聰的壞話，曾與劉聰爭吵過的侍中劉乘也忌恨劉聰權勢。在劉淵死後的第三天，這三人拜見劉和進言：先帝（劉淵）沒有慎重思慮朝野之勢，讓三個皇子均在都城平陽擁有重兵，又使大司馬統御十萬大軍駐屯西郊，單于臺那邊車水馬龍，甚為反常，陛下今不過寄居皇位徒有虛名而已。呼延攸兩眼瞟視劉和，說以他愚見，劉和最好早做決斷，主動在己，晚了誰死誰活就不一定了。侍中劉乘把話挑得更為明白，昨天聽齊王（劉裕）說北海王（劉乂）是先帝繼後親生，子以母貴，承襲漢祚者當是劉乂，有些大臣要助他爭位。

　　劉和當太子這半年多的時間裡，總在想著自己是既定的皇位繼承人，劉淵百年之後，朝權歸己，不會有人來爭，對劉

13　職掌皇族宗室親屬事務、圖牒，統太醫令史等。

裕、劉隆、劉聰、劉乂四王和劉曜、石勒、王彌這幾個人如何駕馭，也沒有多做思慮。現在經呼延攸和劉銳、劉乘一番攛掇，心中登時驚慌起來。

七月二十日夜，月隱雲後，天地玄黃，幾個黑影順著宮圍甬道，迅疾溜進漢帝劉和寢宮。他們是宮廷禁軍將領安昌王劉盛、安邑王劉欽、永安王劉安國及將軍劉璿、馬景等人，都是劉和祕密召來的。劉和直露胸臆，明示誅殺劉聰、劉裕、劉隆、劉乂四個藩王，多數人聽了都很驚疑。靜默片刻之後，安昌王劉盛向前躬身施禮，亢言道：「陛下這樣做大不妥當，臣不敢奉命。」

劉和鼻翼一張，哼了一聲，隨之站起，道：「你說，有何不妥？」

依然恭敬站著的劉盛，道：「先帝棺柩在殯，裕、隆、聰、乂四王並未反叛逆節，一旦將自家兄弟作為叛賊一樣宰殺，天下人將對陛下做何評說？今父輩創下的漢國大業未竟，還只能依靠楚王才能來統御，要是沒了楚王，那石勒、王彌能這般聽憑調遣嗎？您的皇位繼承人是先帝欽定，今已登極御國，沒有誰會來爭的。臣懇請陛下，不要輕信讒言，懷疑自家兄弟。處置不當，恐將牽制大局。」

劉和示意劉銳、呼延攸，兩人將劉盛殺死。

殺死劉盛，劉銳晃著手中的劍，喝道：「還有誰不服？」

頃刻之間的殺戮，嚇得安邑王劉欽身子顫抖著深深躬下，道：「這安昌王好不識時務，該死。我劉欽忠心國事，唯陛下驅使。」

劉璿、馬景也深躬下身施禮，道：「是是，唯陛下驅使。」

劉和臉色冷峻，道：「今日之議，除了誅殺四王，不能有貳。」

呼延攸、劉乘見劉和坐下了，也收起劍坐了，議至深夜時分。劉和口諭劉銳率部將馬景攻單于臺劉聰大營，呼延攸率永安王劉安國攻司徒齊王劉裕，劉乘率安邑王劉欽攻魯王劉隆，尚書田密、武衛將軍劉璿攻北海王劉乂。

行動最快的是田密、劉璿這一路。

是夜，睡在臥榻的北海王劉乂，被突然撲來的兩個黑影架了要走。他驚叫「有賊」之時，田密、劉璿急忙說道：「是臣，是臣……」

田密、劉璿把奉旨殺他的來意告訴劉乂，嚇得只有十四五歲的劉乂，撲通跪倒在地，伸長脖頸等待受死。不料田密、劉璿反倒跪了下去。原來他們在途中，劉璿對田密說道：「呼延攸和劉乘的話，只是一些自己的看法和傳言，你說陛下為何輕信他們之見而要殺四王呢？」

田密道：「我不想猜度陛下是何輕信那些話，只想知道你怎麼也要捲進這場皇室親族兄弟相殘之中？」

劉璿扭一下頭，道：「此言何意？」

田密鼓足勇氣說了他的想法，劉璿先是一怔，隨又點點頭，說道：「我願隨尚書之意而行。」

田、劉二人口稱「殿下」，拖起劉乂奔到西城劈開城門，逃到楚王劉聰大營去告急。

西昌王劉銳領一哨兵馬走在半路，迎頭碰上事前派遣去監視單于臺動靜的部將。那部將滾鞍下馬，驚慌著胡參了一禮，稟告了田密、劉璿西投劉聰的舉動。劉銳聽了極為吃驚，兩腿發軟連路都走不穩當了。他估計劉聰已經有備，說動馬景旋馬回撤，跟呼延攸、劉乘合兵一處，共同攻擊劉隆、劉裕。那呼延攸、劉乘見劉銳和劉安國一下密語，一下後退，懷疑他們不肯同心協力，不分情由先把兩人殺害，集中兵力攻殺了劉裕。七月二十二日凌晨，又殺了魯王劉隆，跑回去見劉和，以功威脅劉和御駕親征，悉起宮廷宿衛禁兵去攻打單于臺，以靖國難，說道：「楚王劉聰手握重兵，對皇位威脅最大，不殺劉聰，他要反撲殺上朝來，那皇位……陛下與臣等也將骸骨無存。」

漢帝劉和默然不語。

焦急的呼延攸、劉乘互看一眼，跪下道：「陛下！」

劉和招手讓兩人站起，道：「你們不是說那邊有備？」

劉乘道：「有備歸有備，不等於已經起兵反了。您是君，他是臣，君叫臣死，臣不敢不死，這古來貽訓他劉聰不是不知

道。趁其舉棋不定，陛下將兵殺過去，一刀削掉劉聰腦袋，您
的皇位才能坐穩。」轉看一眼呼延攸，想約他也與自己一樣勸
劉和親領兵馬西攻，呼延攸就是不出聲，劉乘生氣地朝劉和跪
下，道：「眼下之勢，可是瞬息萬變，稍縱即逝。陛下若再遲
疑，時機去矣！」

　　劉和心中慌亂，好一陣子才嘆了一聲，道：「就依卿等。」

　　但是，門上一聲響動，跌進來一個人，一條腿還擱在門檻
上，渾身血跡斑斑。這時殿門衛士跑進殿來跪下，稟道：「這
人不聽勸阻，我們將他砍傷了。他說他有天大的軍機要面奏陛
下，硬撲進來了。」

　　劉和伸一下手，吼道：「快，快救他！」

　　殿門衛士搶救那人，劉和起身胡亂走動，腳步慌亂，連問
幾聲醒了沒有？醒了沒有？

　　被搶救過來的那人是個偵探。他一拱腰背順勢跪下，奏道：
「大將軍石勒帶領十員大將飛馬而來，說是叩喪弔祭先帝，請旨
陛下允不允許進入京畿[14]？」

　　劉乘看一眼偵探，走近劉和，附耳道：「來了連他一起殺。」

　　呼延攸在想，殺一個楚王尚恐兵力不足，再加一個石勒豈
能對付得了？因道：「石勒帶甲二十萬，惹惱了他的部眾，那
可不是小事，還是先穩住他吧。」

14　古代指國都及周圍千里之內的地區。

劉和站定想了一下，轉身問偵探，道：「石勒現在何處？」

偵探回道：「估計已近大陽[15]。」

劉和當下草擬詔旨一道，以防備晉兵趁喪來襲為由，差使命石勒眾將帥不得擅離職守來都城弔喪。

打發使臣出去，呼延攸讓內侍伺候劉和穿戴好甲冑，坐到御輦裡，宮廷儀衛連傘蓋都張起來了，劉和卻愣坐不動。他此刻騎虎難下，不殺四弟劉聰拿不到兵權；去攻殺劉聰，又怕不是對手。呼延攸、劉乘從旁不停鼓動，諫劉和借名討要叛逆北海王劉乂和田密、劉璿，命劉聰交出三人正法，以靖朝綱。只要單于臺大營的將士們看見陛下的儀仗傘蓋，能有誰敢不跪下來請罪呢？

當然，劉和也想到了自己帝王身分的尊嚴和權力，說道：「有道理。劉侍中，卿領一隊人馬打前陣。」

劉乘聞命先行，但他的兵還沒到單于臺大營，就遭到劉聰兵馬的阻擊，停下來等待劉和所帶的大隊人馬。

楚王劉聰本不願與劉和大動干戈。他在劉淵病榻前俯首承命，輔佐劉和。劉乂逃進單于臺，雖知事態有變，但還是想挽回，差遣一位劉將軍去覲見劉和，諫他萬不可視兄弟為仇敵，陰謀加害。這位劉將軍剛走出大營，安在宮中探聽朝廷風聲的人回來稟報消息，說齊王、魯王都被他們殺了。劉乂聽罷，兩手捶胸

15　在今山西平陸西南。

大哭，說劉和德不配承接漢祚，何以能治天下？這話引發了劉聰的反思，覺得有人主張世襲皇位御國者當屬劉乂是對的。

這時田密霍地往劉聰面前一站，施禮道：「殿下，臣說一句犯上該死的話，劉和已經瘋了，瘋到連同母兄弟齊、魯二王都不認了，怎能聽得進去您的規誡？」

劉聰嘆道：「人瘋到這一步，是聽不進誰的話了。」他吩咐一個侍衛去把劉將軍叫回來。隨後返進大帳生了一陣子悶氣，才向各兵營傳下將令，所有將士可以貫甲執兵以待，只要沒有兵馬來攻，任何人不准擅自出兵。

可是，被追回來的劉將軍進來帳門驚慌大叫，說攻打單于臺的兵馬來了，打頭陣的是侍中劉乘。劉聰一聽，又慌促走出帳門，上眺一眼築到半中的單于臺，又轉身看了看後面排列成行的兵營，慘澹一笑，朝跟在身後的將軍和親侍命道：「天理難容，迎戰！」

迎面湧來反擊的兵馬，衝在前面的劉乘懼於劉聰威名，轉頭回返來見劉和，唬得劉和倏然感到一種死亡的陰冷，渾身打顫。劉和在車上呆坐了一下子，藉口守靈，竄回南宮光極殿，跪在劉淵靈柩前哭泣……

劉聰將士從西明門攻入，尾隨追擊到南宮，一頓亂刃將劉和砍死在光極殿西室，然後搜宮，把呼延攸、劉乘、劉欽一干讒言惑主的賊臣綁了正法。

劉和十八日位登九五，二十三日沒到午時便倒在血泊中。

國不可一日無主，眾文武聯名上書勸進，要尊劉聰登極稱帝。劉聰心裡好不暢快，可他又有一個顧慮，以為劉淵以漢劉邦後裔立國，依漢制北海王劉乂為單皇后所生，是劉淵嫡子，自己為庶出[16]。劉和死，劉乂當皇帝才順理成章，所以他拱手行禮，道：「俗話說子以母貴，如今我兄弟中可以繼位者當是北海王劉乂。」

眾臣僚轉臉看太宰劉歡樂、太傅劉洋幾位望高爵重的老臣能否贊同此議，一位少年撲通跪地，道：「兄長隨先帝征戰創業，功勞卓著，是漢室國祚合適承繼人，何況捨長立幼也不符合古來傳國禮制，還請兄長順從天意人望，登阼[17]御國為妥。」

看清下跪者是劉乂，劉聰移步彎腰剛將他扶起，身前眾文武反跪下滿地，齊聲說道：「就以北海王殿下之見，請大司馬上坐，受臣等大禮。」

劉聰是劉淵第四子。傳說劉聰生下來，左耳間生一根白毛，二尺多長，光澤瑩亮，劉淵由此賜名聰。他自幼受中原文化影響，十四歲精通經史百家，精習孫吳兵法。十五歲學習擊刺，齊力驍捷，能彎三百斤硬弓。後來遊學洛陽，結交名士眾多，時為晉廷大臣的樂廣、張華，都對他大加嘆賞。從洛陽回

---

16 劉聰生母張氏是劉淵的妃子。

17 也稱東阼，系指殿堂前東面的臺階，是主人之位，即古代帝王即位或祭祀所登之階，因此也以阼指帝王位。

到匈奴故地後，任右部都尉。劉淵在洛陽做人質、效力於成都王司馬穎期間，劉聰也到司馬穎麾下任職將軍，衝鋒陷陣，替劉淵出力邀功，使得眾多朝臣對劉聰的資質稟賦與文武才望，不乏幾分神祕和敬畏，推崇他做皇帝亦在情理。只是劉聰沒有馬上答應。他此刻站在殿堂王位階下的右面，目光上仰，看了一陣子力頂殿宇的雕龍大柱，才平視眾臣，道：「北海王與眾臣既這般推戴，我只好權攝此位。日後北海王長成，再將大位歸還。」

一陣窸窣更衣，劉聰冠冕袞龍服，身居九重高位，承祚漢統，當即降旨改元光興，大赦境內。尊劉淵正妻單氏為皇太后、其母張氏為帝太后，封劉乂為皇太弟兼大單于大司徒，立正妻呼延氏為皇后，皇子劉粲為河內王，署其持節撫軍大將軍都督內外諸軍事，還封了皇族劉易、劉翼、劉悝等為王。

漢帝劉聰經過加官晉爵，理順朝廷諸事以後，遣使召回帶兵在外的石勒、王彌等主要將領，詔命石勒為并州刺史、汲郡公如故，王彌為青州刺史、齊公。

石勒、王彌拜伏謝恩。

散朝後，劉聰單獨召見了石勒，道：「朕聽說你帶了幾個親隨來朝弔祭先帝，被劉和詔旨止了，他為何止你前來？」

石勒回道：「臣不知。」

劉聰笑道：「是怕你來了助朕奪他的大位。」

石勒心說誰奪誰的位，那是你劉家宗室的家事，嘴上卻說道：「奉祀先帝是臣禮。如若陛下允許，臣理當往先帝靈前弔喪。」

漢帝劉聰又笑笑，點頭允諾此請。

祭拜過劉淵棺柩，石勒就想離開這個血腥味未散的平陽城，劉聰留他一直住到九月，才回到陣前大帳。

在劉聰沒有當即答應石勒且回兵營的當天深夜，河內王劉粲密見劉聰，進言道：「孩兒以為當趁石勒、王彌沒帶兵將之隙，把兩人殺死。」

劉聰搖了一下手，道：「當下要除的不是石勒、王彌。」

劉粲道：「比石勒、王彌對漢國構成威脅更大的人是誰？」

劉聰馬上手指殿門噓了一聲，搪塞過去。劉粲哪裡知道劉聰心中所忌者是劉恭。劉聰僭位做皇帝，因怕他的嫡兄劉恭依漢制順序與他相爭，於是趁劉恭夜間熟睡之際，派人在牆壁上鑿洞鑽進去把劉恭刺死，除卻了潛在之患。

第十九回　會河內石勒抨晉將　就急變劉聰僭漢祚

第二十回

歃血重門盟誓生死 稱兵南陽討伐叛逆

第二十回　歃血重門盟誓生死 稱兵南陽討伐叛逆

　　這年十月，漢帝劉聰剛穩定了政局就向南用兵，詔諭他的兒子河內王劉粲與始安王劉曜點齊四萬精兵，南出孟津渡河水直寇洛陽，齊公王彌從青州將四萬兵馬西發來會，與劉粲、劉曜所率大軍會師於石勒屯駐的虎牢關。

　　兵屯虎牢關的石勒，坐帳重門[01]。重門為綿延河水岸邊數十里的虎牢關的重要防守要塞。西來的劉粲、劉曜駐紮在重門西面，東來的王彌紮營重門之東。石勒按眾將提議，設盛宴款待三人。

　　帳門報說河內王、始安王駕到，石勒就與張賓、張敬、刁膺、孔萇出帳禮迎，揖讓出手將二王延入中軍大帳。其時大帳門外又聞喊聲，說齊公帶著部將曹嶷駕到。石勒揮袂辭退稟報的兵卒，留張賓、張敬陪二王說話，自己帶了刁膺、孔萇迎出帳外，躬身揖讓出手將王彌、曹嶷請入。

　　幾經誠懇相讓，石勒硬將劉粲、劉曜二王奉到上座，王彌居右，背後曹嶷。石勒面朝西坐到東邊，背後站著張賓、張敬、刁膺、孔萇、石會。

　　石勒雙手捧起青銅酒爵，實觶獻酒，為二王與王彌接風。

　　劉粲、劉曜、王彌同時端酒爵而飲。

　　劉粲道：「這酒好香，是酎[02]吧？」

　　石勒微微一笑，道：「是。」

01　在今河南輝縣西北二十里。

02　重釀的醇酒。

四人飲過數巡，嗜酒成性的劉曜，一手撥開伺候斟酒的侍兵，一手拿起盛酒的陶缶，先自大口大口地猛灌了一通，頃刻有些臉潤舌硬，但仍將陶缶拿在手裡，讓一下劉粲說「飲」，又把陶缶伸到王彌嘴邊，說：「石公獻此清醇佳釀，你是何不飲？」

　　王彌笑說「我飲，我飲」，端起酒爵飲下。

　　河內王劉粲看一眼石勒背後四人，又斜過臉看劉曜，怕他再飲下去出醜，忙把一塊脯[03]遞給劉曜，讓他吃幾口再飲。劉曜抓起那塊脯塞給退過一旁的斟酒侍兵，說道：「斟酒有勞你了，本王賞你牛大脡吃了，本王不飢。」

　　劉粲糾正，道：「是侍兵不飢。」

　　劉曜伸一根指頭點在斟酒侍兵頭頂，道：「他不飢、我不飢都一樣，都一樣。」

　　劉粲道：「吃到他的肚子裡去了，怎能都一樣！」

　　說話已經有些顛三倒四了，劉曜還要飲。他搖搖晃晃站起的時候，劉粲順勢一扶把陶缶拿掉，轉手塞給斟酒侍兵。石勒怕劉曜摔倒，頷示孔萇扶住劉曜朝前邁了半步，劉曜推開孔萇，大叫道：「酒！拿酒！」

　　河內王劉粲見斟酒侍兵正要把盛酒的陶缶遞給劉曜，出手暗中制止了一下。劉粲認為此飲是在石勒中軍大帳，若他再飲

03　系指條狀乾肉。

下去，做出些什麼不大體面的舉止，傳出去會讓人恥笑，便道：「聽我說幾句你再飲 —— 今主上承繼漢祚，將一統寰宇，興高祖、光武功勳。我觀晉朝危局難振，吾等應力一志，佐漢滅晉，共創大業。」

劉曜緩慢仰起頭，道：「應當，應當。」

王彌回顧一眼曹嶷，道：「我王彌願與兩位殿下和石公結為兄弟，協力進兵洛陽。」

四人中除了石勒飲得較少外，都過量了，昏沉得已經沒有什麼體統可講究的了，連不分輩分尊卑的話也說出來了，要結拜為異姓兄弟，成為漢國縱橫天下的四大強將。

劉粲也不管劉曜持何態度，點頭說王彌所倡可行，我幾個在此歃血為盟，當下吩咐石勒預備牲血。

沒料到王彌會提出四人結拜，盟誓生死。況且劉粲與劉曜又是叔姪輩分，將兩人擺成平輩，不合適吧？石勒在心裡生出這種疑問的時候，身後的張賓微笑著靠近他的耳邊，說道：「說他劉粲拋棄世俗禮數，連人倫尊卑都不講了，不嫌把長輩擺成平輩不好，您就什麼話都不用說了。」

但是，石勒還是按劉粲的意思，命石會出帳吩咐支雄、王陽一干將佐，各帶親兵分頭去做準備。

雖說時逢冬日，高聳的太行山遮擋了北來的朔風，但山南陽面受太陽光照並不太冷。石勒陪著劉粲、劉曜、王彌出來帳

門，候在外面的王陽迎面躬身行過禮，請二王和王彌步至準備好的壇前。壇上放一塊半人高的木案，盛牲血的陶盆陶碗一應器皿全陳設在上面。劉粲四人相互看看，登壇靠木案一字排站，都用陶碗舀一碗牲血，身披午後的斜陽，站在漢國的旗幟之下，各報姓名，指天誓日：「今吾四人願於此結為異姓兄弟，誓佐漢國大業久興，歃血示信，日月共鑑。若有棄義背叛兄弟情分者，神靈誅之。」

※

隨之各自把牲血飲下，將陶碗摔了個粉碎。

盟誓畢，劉曜伸臂將劉粲、王彌攬回帳裡，要像盟誓時一人一陶碗血那樣，讓石勒備來四陶缶酒，四人行令暢飲。劉曜醉得理智大失，向左一歪，半倚到几案邊，斜伸右手指住劉粲，說：「本王受命代晉立國做皇帝了，還不敬酒上來？」

劉粲也不能自控那樣對石勒、王彌說，劉曜越禮僭位稱帝，其罪還小嗎？你們是何沒有一言半語諫阻？

劉曜說：「不要申斥他們了，你想要皇位，可拿一碗酒來交換，本王還嫌晉朝那個爛攤子不好收拾呢。」他大叫拿酒，王彌使斟酒侍兵斟滿兩陶碗酒端起來，說：「我來陪你飲。」但這時偏有人進來攪了王彌、劉曜的酒興。

來人是劉粲的部將和一名偵探。兩人倚仗是河內王的人，隔過守衛石勒中軍大帳侍衛的事前通稟闖了進來，報說晉朝澠

第二十回　歃血重門盟誓生死　稱兵南陽討伐叛逆

池 [04] 監軍裴邈，聚集主力從澠池馳來襲擊漢軍。

劉粲搖搖頭，彎下身靠近几案看了看面前的酒器，大叫「給本王斟酒的」時候，王陽按石勒的手勢趁機遞給他一陶碗涼水，劉粲喝下，唔了一聲，說道：「這酒清涼，好，好！」搖了一陣子頭，仰臉四處望望，又說：「這裴邈也太蔑視我四人之力了。」指指劉曜和石勒、王彌，鄭重吩咐各自回營稍歇，一個時辰之後拔營起兵一起殺過去！

這是軍令，劉曜沒敢再飲酒，回到營帳轉了一圈，跟隨劉粲領兵來到洛陽與澠池之間屯紮，王彌、石勒兩軍直接開到澠池攻打裴邈。澠池城破，裴邈帶了部眾逃走，漢軍三路兵馬長驅直入洛伊兩水之間，派數股騎兵竄擾洛陽北、西城門周邊，王彌部眾已經挺進到東城門下。

晉懷帝司馬熾立刻召來太傅司馬越，草擬發出了一道十萬火急的羽檄 [05]，徵召鎮守各地的將領、州郡藩吏迅疾率兵馳援京師。乘快騎傳遞詔令的使臣們臨走，司馬熾特地下來陛階走到他們面前，聲淚俱下，說道：「幫朕帶個口信，務請諸征、鎮將軍和州郡牧守速速前來，稍晚一步怕是來不及了。」

司馬熾卑辭央求，使臣們一齊跪下，道：「臣等記下了。」

眾使臣起來，背負羽檄上馬馳往各地。

發出羽檄的第二天起，司馬熾從太極殿跑到顯陽殿，從顯

04　秦置，此時治所在今河南洛宜西。

05　即羽書，上插鳥羽，意在疾速傳遞。

陽殿返到太極殿，來回查看各地呈送的軍牒奏表。司馬越和尚書省官員詰問有無馳救之師到來，所得到的回覆是觀望者眾，領兵勤王者寡。

後來，司馬熾在殿堂點名差遣部分朝臣和探騎馳往各地催促，報來的也是一些令人極為失望的消息：

襄陽征南將軍山簡派遣督護王萬來援京師之兵，路過涅陽被南陽流民武裝擊敗，退縮回了駐守之地。

荊州刺史王澄自率援兵行至宜城，聽聞山簡援軍受阻兵敗，也轉頭回荊州去了。

從北面回來的使臣帶來大司馬、大都督幽州刺史王浚奏表，說已遣使敦促鮮卑騎兵馳救京師，但司馬熾知道王浚的話靠不住。

……

司馬熾灰頭土臉，靠坐在座位上，呆呆望著清冷的殿宇，一直坐到晡時方出來殿門，向西走去。跟在後面的內侍，對侍衛說道：「皇上要去宗祠，你速去稟報太傅，請他快來奉駕。」

侍衛點了一下頭，跑步而去。

被勸說回來的司馬熾，又跑到殿堂等待有無別的將領帶兵前來的消息，在那裡度過了一個不眠之夜。到了接近天亮的時候，右衛將軍何倫跑步來報，道：「陛下，撤了，撤了。」

司馬熾道：「什麼撤了？」

第二十回　歃血重門盟誓生死　稱兵南陽討伐叛逆

何倫道：「攻打東城的漢兵撤了。」

司馬熾出手向何倫前示，口諭道：「帶路。」

司馬熾當即召集御前諸臣，坐上步輦隨何倫親幸東城，上來城牆順東陽門頂走向建春門，目光從城下被射死的漢兵屍體朝遠處移動，一直望到建春門外東流的陽渠水那邊，才輕輕舒了一口氣，由內侍和侍衛攙扶著步下城牆，沿將軍府門前甬道回了寢宮。

※

卻說劉粲、劉曜連夜撤軍，因劉聰聽信職掌禮儀祭祀的太常卿卜理的建議出兵北略，被并州刺史劉琨聯合鮮卑拓跋猗盧兵馬反擊南進連拔六城，劉聰慌忙差使來到圍攻洛陽的大軍陣前宣讀詔諭，撤回劉粲、劉曜兵馬來保都城。

送走北撤的劉粲、劉曜二王，王彌顧慮到苟晞乘虛搶他地盤，帶兵東歸青州。石勒一軍沒有遠離，將所有輜重留在虎牢關，置將鎮守，即從虎牢關東出圍攻重又據守倉垣的晉陳留太守王贊。

京師洛陽的晉朝臣僚和將帥，雖然懼怕劉粲、劉曜二王的漢兵，但更怕石勒、王彌二將的驍勇；劉粲、劉曜、王彌撤了，石勒還在，這對晉朝來說，像一塊愁雲遮擋著東邊的光亮，隨時都會來攻洛陽。因此司馬熾說敵寇一隊撤了，一隊又來；人變了，但攻打洛陽目標沒變。司馬熾只在後宮喘息了兩天，便

連遣快騎馳奔州郡，發旨曉諭各方將領帶兵來京師。

　　忠於晉朝的劉琨，鑒於所借拓跋猗廬之兵尚駐并州，向朝廷呈送奏表發并州之師南去勤王，但他等了一月有餘不見回音。在冬日的餘光即將退盡的洛陽城，冷寂之下拱動著一種強烈的妒意 —— 太傅司馬越忌恨青豫兩地的苟晞、馮嵩與己不和，怕有變亂，不允許劉琨擅離。劉琨並不知道司馬越私心所隱，接著又上一表，表奏拓跋猗廬晉爵為大單于、授代公，還把陘嶺[06]以北的樓煩、馬邑、陰館、繁畤、崞縣五縣[07]讓給猗廬。這五縣，本屬幽州王浚統轄之地，劉琨私自相授送了人情，王浚自此與劉琨不和。

　　此間東出圍攻倉垣的石勒，戰果不容樂觀，又一次敗在王贊的變陣裡，灰溜溜地撤兵屯於河水南岸文石津，準備渡河北伐幽州刺史王浚，不想王浚已先一步派大將王甲，率遼西段務勿塵的鮮卑騎兵擊敗漢國鎮守河水北岸的安北將軍趙固，趙固逃回平陽。石勒原先征伐所占趙魏之地全部落入王浚之手。

※

　　石勒揮師重回虎牢關，途中接到漢帝劉聰詔旨，命他兵發南陽，與新近臣服漢國還屯聚在南陽之地的流民義軍接頭，之後回師再攻洛陽。

06　即句注山，又稱雁門山、西陘山，在今山西代縣西北。
07　均在今山西西北部地區。

第二十回 歃血重門盟誓生死 稱兵南陽討伐叛逆

　　這股義軍，原為雍州饑民，流蕩到南陽一境，以京兆尹[08]人王如、侯脫和馮翊[09]人嚴嶷等相繼聚眾造反。晉朝王室多故，內亂不靖，派不出兵力彈壓，義軍乘勢發展，越來越大，到這年秋季，三人各擁眾數萬，成為南陽一股割據強敵。

　　這三渠帥患難起家，反抗官府官兵合力同德，可惜相互之間可以共患難，但不能共安寧。占據穰城[10]的王如兵精糧足，想凌駕於侯脫之上；居於宛城[11]的侯脫以為自己兵多，又不大服氣；嚴嶷的地盤以義陽[12]為中心，南接晉朝鎮南將軍山簡坐鎮的襄陽，擔心山簡來犯時沒有幫手，對侯、王兩方都往來密切，常在兩人中間走動，緩解他們兩方已經很微妙的關係。

　　最先得到石勒兵臨南陽消息的是侯脫。

　　安插在洛陽的細作，窺知進攻洛陽的漢國劉粲、劉曜和王彌不戰而退兵之後，石勒部眾轉頭驅進南陽。侯脫聽說石勒近二十萬大軍傾巢而來，親往穰城來見王如。王如又將嚴嶷請來，三渠頭目對坐議論，侯脫、嚴嶷以為石勒勢大，不可與敵，獨王如說道：「這條羯蟲，失了趙魏無處容身，南來搶奪你我的地盤，這怎麼可以？」

　　侯脫道：「可是石勒擅兵，智勇過人，不好惹呀！」

08　西漢改右內史置，治所在長安縣，即今陝西西安西北。

09　三國魏治郡，在今陝西大荔。

10　在今河南鄧州。

11　在今河南南陽。

12　三國魏置，此時治所在今河南信陽偏西北。

王如瞟一眼有些惶懼的侯脫，道：「他不好惹，我們就好惹？」看見門帷掀動了一下，王如停止說話朝門外走去，在外面與他弟弟王璃說了一陣子話，轉身入帳繼續他的未盡之言：「你聽到的只是一些不靠譜的傳言，據我得到的消息，石勒起於草澤，是個侹傯莽漢。他的部伍是奴隸起家，到現今也只是一些流寇。不要聽那些言過其實之詞，深知兵法韜略的山簡都被你我戰敗了，石勒能比山簡更知兵？我的想法是宛、穰、義陽三處都不能丟。不丟，意即守住；要守住，就得抵抗，就得打，以保住自己的疆界不被侵犯。」

　　向來以正道行事的嚴嶷，道：「吾等此前遣使向漢稱臣，若今反悔，不夠丈夫。」

　　王如嘿嘿冷笑著傾身朝向侯脫，道：「他都來搶占你的地盤了，你還講什麼丈夫，你說是不是侯公？」

　　侯脫沒有直接回答，只說「我先回去布兵截擊」，邀王如、嚴嶷馬上提兵來會。王如道：「我的兵馬隨後就到。」

　　不數日，石勒抵至南陽地界，紮營宛城北山丘。侯脫、王如遣兵一萬屯襄城，阻止石勒南進。探馬把這一消息報進中軍大帳，石勒當下色變而怒，說：「他變我變，以打對打，戰端一開，可就沒有邊界了。」石勒督兵一戰而破襄城，盡俘其眾，移營宛城北。剛設大帳坐定，大營守門將校進來報說「王如差使求見」，石勒大喝一聲：「不見！」

第二十回　歃血重門盟誓生死 稱兵南陽討伐叛逆

　　陪在旁邊的張賓，不知哪裡有違石勒心意，喝令不見來使，只好自己問了一聲：「來使幾人？」

　　稟報人回說：「前面一個將軍，後面一干人抬了一些東西，好像是禮品。」

　　張賓眼珠一轉，微笑著說道：「來使攜帶禮品，是來道歉的吧？」兩手相接深躬下身去向石勒揖禮，道：「明公，還是允來使進來一見，看看裡面是否隱有別的什麼意思。」

　　石勒受命來南陽與三股義軍聯合攻洛陽，竟遭到武力反抗，胸悶氣塞，又不好不給張賓面子，好一陣子才微微點了一下頭。

　　來使自稱王如之弟王璃。他拜過石勒，又向在帳的張賓行過禮，呈上金錢、玉帛等禮品，石勒也不看他拿的是什麼，抬手一指侍兵，招呼王璃坐了，問他所來何意。

　　那王璃也不繞彎子，眼望石勒，道：「兄長託我帶話給石大將軍，說等您陣前殺了侯脫，自會舉兵效忠麾下。」

　　石勒道：「不殺侯脫，不一樣可以帶兵過來嗎？」

　　王璃道：「我兄長本欲早早來助石大將軍取天下的，只因那侯脫兵多勢大，脅迫我軍與他一起抵抗。再說，他據宛城，我們在他南面，想北來見石大將軍，又繞不過他。」

　　沒等王璃繼續說下去，張賓已聽出其中含意。他事前得知王如心計均在侯脫之上，怎麼還受侯脫挾制呢？便把石勒往自

己身前輕輕一拉，低聲道：「王如想借刀殺人，您盡可應承，以分其兵勢。」

石勒聽了，朝王璃點頭，道：「我可以答應。」

說出這一聲以後，石勒馬上又沉了臉，道：「侯脫這個傢伙，敢那樣對我，我怎能放過他！」

不論這話是不是對王璃說的，卻把他嚇得神慌心跳，跪下說道：「面對的可是石大將軍二十萬大軍，哪敢失信。」

此時，帳外又來人了。張賓向石勒遞了個眼色抽身出去，待了沒多久便返身進帳，上身朝石勒耳邊一傾，小聲說：「侯脫差使前來，說如果殺了王如他即刻投降。」石勒問他拉哪一方，打哪一方。張賓眼望帳門還在猶豫，石勒倒說兩方都要打，一個不留。讓張賓出去明告來使，侯脫若能明日來降，可以按他之意滅王如；錯過明日，要滅的可是他。張賓傳話返來，做了一個手勢，石勒這才盛宴禮待王璃，寫了回書表明願與王如結盟反晉。

王璃揖禮作別而去，張賓即勸石勒按王如所請，迅速調兵包圍宛城。侯脫上城看見攻城兵馬眾多，當即派使去向王如求援。王如從來使口中得悉石勒兵圍宛城，證實了偵探所報，立刻去殺侯脫的使臣，說道：「你就死在這裡吧，不然你回去，會與侯脫同時被石勒殺死，連屍骸都沒人管。」

那使臣疑惑，道：「你把我主出賣了？」

王如笑道：「這有什麼不好，省得我動手落人話柄。」

使臣才罵了一聲「小人」，他的人頭就落地了。

王如高坐大帳，按兵不動。

急在求援保城的侯脫，一不見援兵來到，二不見使者返回，轉頭差使去求嚴嶷。嚴嶷帶兵增援，麾下部將勸道：「王如見石勒勢大，不出兵相救，我又怎敢冒險？」

嚴嶷道：「侯亡我亡，侯存我存，救侯脫如同救自己。」

嚴嶷見部將們沒有想通那樣看他，又道：「王如奸猾，想借石勒之手滅掉北（侯）南（嚴）兩方，待石勒回兵攻洛陽走後，他獨霸南陽。我想只要我還能率領你們上陣，就不能讓他占這個大便宜。」

但嚴嶷走在半路被石勒南進之兵圍住，告訴他說宛城城破，侯脫和他的部將統統被押進漢軍兵營了。嚴嶷聽罷，哀嘆著舉兵投降。

獲悉石勒將侯脫和兩個將領斬首，王如大喜，派使重禮酬謝。石勒送走王如的使臣，返來大帳哈哈大笑。張賓問他是何發笑。他說他以為王如會派人來殺他，誰知反來謝他。

張賓也笑道：「明公是說王如這個蠢貨，還沒有悟到借刀殺侯脫削弱了他的力量。」說到這裡，張賓馬上繃住臉，道：「但是朝廷原意可不是殺呀！」

石勒道：「我知道是撫，然眼下之情狀，不是他劉聰坐在宮

裡想的那樣了。王如詭而譎，已經盤算自立門戶王南陽，對抗我軍了，焉能留他？不殺侯脫，何殺王如。」當下吩咐把嚴嶷囚入檻車，送交漢帝劉聰表功。還讓押送的將軍代呈奏表給劉聰，大意是：嚴嶷、侯脫附而復叛，我軍被迫還擊。侯脫於此已死，嚴嶷怎處，臣不敢自專，送陛下酌裁。

※

石勒收並侯、嚴兵馬數萬，把穰城、義陽兩地糧草搬運軍中自用。王如什麼便宜都沒有撈到，召來王璃痛斥一頓，道：「你幫為兄出的好主意，竟使吾等為石勒算計。」

王璃一愣，道：「不是你說要借別人之手殺他嗎？今石勒為你除了他，反責怪起小弟來了。」

王如手指頭噔噔噔叩擊身前的案面，道：「那麼殺的只是一個侯脫嗎？把該殺的不該殺的都殺了，連嚴將軍也落入他手，兩地人馬、地盤都成了他的，我得到了什麼？連個幫手都沒了，這還不是被他算計了？」

眼前的事實，王璃也感到虧了，深噓一口悶氣站起來朝外走，說道：「這石勒太精明了。不行，待我點齊兵馬去把虧了的討回來。」

案後的王如斷喝一聲：「站住！」離座站起，邁步走向王璃，道：「這是下下之策。憑你的魯莽能殺得了他？殺這條大蟲，可不比宰一頭笨牛，惹急了，不成事反壞事。」

　　連連的痛斥使王璃更感到委屈，返回座位，枯坐生氣。王如安慰道：「為兄能有今日，全仗你了。你若有甚不測，留下為兄也難獨撐這片天地。你稍等，等我想辦法使石勒離開兵營，方好尋機下手。」

　　※

　　今天，石勒騎烏騅馬從繼續南攻的陣前回到襄陽，走在大帳門口，被一聲「拜見大將軍」的聲音叫得停下腳步。守門侍衛連忙朝石勒當胸一參，稟報說：「王如、王璃來拜見大將軍。」王如順著侍衛介紹的話尾，恭施一禮，接口說道：「正是專程來此看望石公石大將軍的。您不在，守門侍衛叫我兄弟二人等在您的虎帳門口。」

　　石勒看一眼兩人，揖讓出手，道：「入帳吧。」

　　侍衛撩開門帷，復又彎腰出手做個請的姿勢，王如兄弟隨石勒進入帳內，帳裡的侍兵按石勒手勢讓王如坐客位，王璃靠王如肩膀坐下首，只是兩人都沒敢先坐下，待石勒坐下以後，他們才跪坐下去。石勒吩咐石會傳張賓、張敬、刁膺、孔萇也到大帳來，與王如兄弟見禮敘話。刁膺跪坐的臀部還沒有靠住腳後跟，忙又站起來，往張賓身前一湊，說是不是得準備酒宴，張賓不敢擅自做主，悄聲問過石勒，讓刁膺去準備。

　　石勒說謝謝王如兄弟對他的看望，王如已雙手拱了拱，引背低頭至手一拜，隨之捧出一雙玉璧獻給石勒。方才石勒在帳

門口見王如長著一雙寬黑的惡眉，心裡已然生厭，不管張賓在一旁怎樣使眼色，就是不伸手接他的禮品。張賓倒強顏歡笑，道：「明公向來拒納他人禮品。今王公遠道來獻，只好破例一回了。」

一句話，使雙方都有了臺階下──石勒輕輕一點頭，道：「既然參軍這樣說了，我石勒焉能不收？」

王如見石勒伸出手，忙把玉璧呈上，覥然笑笑，道：「不腆之物，不成敬意。」

不過石勒對王如兄弟還是待之以禮，命道：「酒宴款待。」

宴間，王如除了回敬石勒眾人飲酒外，自己很少主動飲，只是婉轉反覆說石公是并州人，好不容易來到南國，當往諸葛孔明故里一遊。王璃也說，大凡國家政要或兵家來了，沒有幾個不到隆中[13]去的。

張賓見石勒的頭微低，用筷子夾食盤裡的鹿肉塊，似乎也在思索這裡面的詭祕之處。但是讓王如暴露一下也好，張賓道：「明公做事自奉儉樸，無興山水風物，而且慮及山簡、王澄又在南面不遠，主要將領不便離開襄陽，如果明公願去，也只帶三五侍衛走一趟。」

石勒啪的一聲把筷子往案面上一放，問道：「嗯，誰說的？」

13　在今湖北襄陽西。

第二十回　歃血重門盟誓生死 稱兵南陽討伐叛逆

這一聲，唬得王如、王璃夾食物的手一縮，停住看石勒。張賓眼盯王如兄弟二人，把一隻手往下伸了伸，道：「我想起來了，說過，在樊城說的，幾個將軍都在場。」

石勒搖頭之間，餘光掃見張賓半擋在案側的手在擺動，便馬上鬆眉作笑，道：「還是你記性好，我可是記不得了。」他又拿起筷子去夾鹿肉，道：「可以去，時間你擇定，但不能長。」

張賓道：「也就一兩日光景。王公，你也去。」

王如略一怔，強自鎮定，笑道：「我不必去了吧，我去了，恐有不便。」

張賓呵呵笑道：「按說，你當去陪明公，若真要脫不開身，明公也不勉強你。」

王如一時還沒有接上話，王璃卻道：「大將軍繼續南征，就不說了。若是北去攻洛陽，我和兄長在大營設宴犒軍。」

石勒點頭道：「可以，到時候，我差使知會你。」

對張賓今日自行攬下此二事，石勒有一些不滿。等到送走王如兄弟二人，急問王如送璧之意，張賓深躬賠不是，道：「恕張賓不該在眾人面前做了明公您的主。可那時，我已覺察您看出王如兄弟前來看望和贈璧並非誠意，怕您拒收，不那樣做不行。」

石勒道：「既然看出我想拒收，為何還要勸我收下？」

張賓微微而笑，道：「這不是想看看王如究竟耍什麼花招嗎？今殺侯脫，囚嚴嶷，略其地盤，滅了聯盟中的兩方，使他勢孤力

184

單，他能不恨？心中幽恨，還要饋贈玉璧，此中良苦可見呀！」

石勒問：「為何要贈璧呢？」張賓一口氣說出三層意思：「古人常以璧表示友誼，消除猜忌，這是其一；其二，是探我虛實；其三，恐怕另有圖謀。」

待在旁邊的刁膺，道：「參軍說探我虛實，讓我想起方才看到的情形——我在帳後命親兵去取乾肉，回來說看見一個青衣大漢一晃便不見了。過了一陣子，親兵指給我看，見那人是王如的侍衛。」

孔萇道：「裨將也看他不是真心誠意而來。在宛城殺死侯脫他不登門，這過了多少日子了，反趕來襄陽看望，又淨往隆中那邊引，只怕他安的不是好心。」

刁膺道：「其心不正，其行必邪，當防他行邪曲以害我。」

石勒點頭道：「刁長史言之在理，要防王如行邪。然張參軍既窺出其行不正，為何還要勸我去謁諸葛草廬呢？」

張賓道：「孔萇、刁膺不是說了，就為證實一下他的邪曲。」

石勒哈哈大笑，道：「這倒怪了，明知他有邪，還勸我去？你直說，去不去？」

張賓道：「去，可是得小心。我估計王如會在他誘導明公去的地方或路途有不光明的動作。我勸明公去，是想引他露出偽善面目，抓住他的尾巴，滅掉他，乾乾淨淨鏟平南陽。明公想立足，也可於此割據。」

第二十回　歃血重門盟誓生死　稱兵南陽討伐叛逆

孔萇揮動兩手，道：「裨將和張敬長史、石會將軍侍隨大將軍前往，看他王如能奈我何？」

張賓頷首，道：「是，就得這般縝密防範，審慎而行。」瞟一眼孔萇，道：「孔將軍，這便說定了，大將軍的安危就交給你了。」

眼望石勒的孔萇說道：「那你們一個個都得聽我的。」

石勒道：「這好說，你說走我走，你說停我停。」

張賓笑謂孔萇：「大將軍都聽你的了，我們幾個還有什麼好說的。你想好，需要帶幾個高手，自己去挑！」

孔萇躬身參禮，出帳去了。

※

一日，石勒攜張賓、孔萇諸人輕騎來到隆中。這裡山丘連山丘，田疇復田疇，片片竹林高張枝條，隨著微風的吹拂輕輕擺動。張賓指點著眼前水繞山秀的地理環境和那些村落茅廬，說道：「這便是諸葛孔明幽棲之地。」

無意於山水景物的石勒，聽張賓說劉備曾三顧此地來請諸葛，走進諸葛亮出仕前的茅廬。觀瞻了茅廬外觀和廬內一些陳設後，抬腳出來眺望外面的山水地脈，道：「在荏平城堡初得孔萇，他說諸葛幽棲隆中，而知天下之勢，我還不信，今見此處非長安、洛陽繁華京都之地，亦非四通八達之衝，諸葛未出茅廬預知天下三分，真乃奇才。」

張賓道：「在於諸葛孔明有別人不具有的天賦，也在於他有著別人不具有的察析漢末天下諸雄的洞曉能力。天下戰亂紛爭，盡淘英雄優劣，唯曹操、孫權、劉備為時人所推崇之人傑。三人雖各有短長，然在以德御眾這一點上是共同的。」

　　孔萇朝張賓謙敬施禮，與張賓論說三國地勢地利的分割，石勒遠眺的目光略一收，說道：「參軍對諸葛當時所行皆能析識，那麼以昔論今，對今日天下大勢如何看？」

　　此前，張賓曾多次進言石勒脫離漢國，自成霸業。今見他問及，趁勢勸他據南陽而取漢中，然後西並關中南吞成漢⋯⋯忽然，不遠處傳來一聲「翼衛大將軍」的呼喊，眾人驚目四望，見北面翠竹梢窸窣響動，孔萇、張敬、石會都拔劍在手，站到石勒身前。石勒也抽出腰間佩劍，迅疾前走，說道：「我偏不信王如能殺了我。」

　　旁邊的張敬將石勒往身後擋，看見一個人影從山丘拐角的叢竹密林裡竄出來。這是一個青衣大漢，執劍抵了上來，緊追在那大漢後面的張越恰好趕到，朝頭猛劈一刀，將其劈成兩半。

　　就在這一瞬間，呼延莫汗流滿面、氣喘吁吁地鑽出竹林，道：「讓大將軍受驚了！」與張越躬下身去。

　　石勒笑道：「你們免禮吧，憑這等毛毛蟲，能嚇倒誰！」

　　禮畢，張越說道：「還有兩人朝北跑了。」

　　那日王如兄弟二人離開後，呼延莫和張越化裝成農夫，土

黃服飾，短衣腰帶，蓬髮赤腳，用一根七八尺長的竹竿吊一束魚乾扛在肩頭，刀劍塞在中空的竹竿裡，晡時離開兵營，夜宿通往隆中路上一處並非客棧的草舍裡，聽到隔壁住進來的幾個人道，王二帥（王璃）說那裡竹林多，好隱蔽；王大帥（王如）也再三叮囑，不到既能隱蔽自己，又能殺死對方的地方，不准暴露自己⋯⋯

靜靜地聽呼延莫、張越說完這個過程，張賓倒吸一口涼氣，道：「說明王如來襄陽時，早把刺客雜在他的隨從裡了，並非造然而行。刁長史說他的親兵看到一個青衣大漢，估計就是這個人，是王如有意帶他來認人的。」

石勒把劍貫回腰間，道：「這王如壞透了。」

離開隆中回到大營，石勒留下刁膺守襄陽，向將士宣布接到漢帝詔令，速回師會攻洛陽，就自率大軍北去。臥底漢軍兵營的暗探，很快將消息報給王如，還在為行刺沒有動得石勒一根汗毛而灰心的王如聽了這一稟報，殺石勒之意又起。他臨機決斷，命王璃布兵穰城內外，要在石勒路過小駐之時進行暗襲，但是他的謀畫，總在石勒、張賓的意料之中。石勒北行路過穰城、宛城但不駐，命孔萇、王陽等率一哨兵馬悄然埋伏於襄城，王如的計謀又一次落空，氣得他鑽回屋裡喝悶酒，王璃跟進去奪下酒爵往几案上砰地一砸，說道：「此計不成，就沒有別的計謀可施了？」

王如一仰眉直盯王璃，道：「你有什麼好計？」

王璃道：「犒軍！」

呼的一聲王如站起，稱此計可行，命王璃帶兩萬五千精兵去了，攜帶大批酒、肉、糧草，把兵器藏在糧草裡。從表面看，除了後面的兵馬，剩下的都是抬送禮品的百姓，但這些都被石勒識破了。犒軍人馬來到襄城，石勒差人傳話出去，讓王璃先進大帳敍談，其餘人隨後請入宴飲。

王璃望了望他的兵馬，一人進了大帳，只是他不知道孔萇的伏兵已經從他的部眾尾部跟來，和事前預備好了的將士一齊動手，把他的人馬大部射死殺死。

享受酒肉招待的王璃，想到不可在石勒帳內過多停留，可當此時石勒撩帷進帳。王璃看他戎裝帶劍，預感大事有差，急站起來，石勒喝一聲，道：「拿下！」

王璃被綁出帳外，道：「我乃前來犒軍之使，爾等怎麼這般無理。」

石勒冷臉道：「你這雕蟲小技，帶到地下去哄鬼吧，斬！」

結果了王璃性命，石勒急驅兵南返穰城，再命刁膺帶兵從襄陽北來夾攻。王如真是怕了石勒和張賓，見他們兩路大軍轉來圍了城池，丟下守城的將士逃奔晉朝江州[14]刺史王敦那裡去了。

但是，命運並不善待他，王如死在王敦的屠刀之下。

14　此時治所在今江西南昌東。

第二十回　歃血重門盟誓生死　稱兵南陽討伐叛逆

第二十一回

屍驚太傅憂鬱命終 屋禁軍司始悔前愆

第二十一回　屍驚太傅憂鬱命終 屋禁軍司始悔前愆

　　不單是石勒瞬間占據了南陽之地，更讓晉朝君臣受驚的是，他的大軍再度攻克許昌，斬平東將軍王康。這一來，洛陽四維西失澠池，東北丟了滎陽、虎牢，藩衛南面的戰將今又許昌殉國。前方敗仗消息傳來，人人焦慮，朝野恟恟，晉懷帝司馬熾和他的僚佐們，由此感到這時的京師洛陽，已經成為一座風雨飄搖行將崩塌的危城。司馬熾思忖別無選擇，只好命內侍傳旨太傅司馬越調兵防守。司馬越轉頭詢問長史潘滔，道：「前幾日，你是如何向老夫稟報的，怎麼瞬息之間那羯胡賊寇又占了許昌？」

　　手拿載有民間流傳稗史逸聞後漢劉盆子 [01]，偶發雄踞江漢之志，無意北還。誰想只過了兩三天，隱在石勒軍中的那個偵探變節投漢，石勒得到他帶去的軍情，一夜之間裹糧卷甲過了汋水，猛擊江夏，北寇新蔡，斬新蔡王於南頓 [02]，嚇得郎陵公何襲、上黨郡太守羊綜、廣平郡太守邵擎一干吏員率眾降了石勒。這些人討好獻計，鼓動石勒突襲毫無防備的許昌，王將軍

01　今山東泰安附近人，西漢遠支皇族。初在赤眉起義軍中放牛，號稱牛吏。西元二十五年，赤眉軍在華陰立劉盆子為皇帝，年號建世，隨軍入長安，滅更始，即漢光武帝劉秀族兄劉玄，號更始，也是劉玄稱帝後的年號。西元二十七年，東歸途中在河南澠池西被迫投降光武帝劉秀，復因病失明，劉秀賜他食滎陽官地稅終身）內容書看的潘滔，被這突來的質問驚駭一凜，不覺擱下書簡，連忙跪倒，道：「那天我是說過石勒南征到江西（有地名志載，隋唐之前對長江下游北岸和淮河以南地帶的慣稱。

02　指南頓故城，又名鬼修城，在今河南項城南頓鎮，此城有夏商及東漢劉秀時代厚重歷史遺存等。

沒有來得及抵抗就死在敵兵鋒刃之下。他的護衛部將方才逃來告急，我才知道了這一切。這個部將，此刻歇在館舍候旨，用不用叫來細稟？」

司馬越道：「細稟還有個屁用。」

司馬越站起來朝門口看去，適有一個侍僕端了湯水邁進門來。司馬越接在手上啜了一口，猛一轉身把盛滿湯水的陶碗朝身前的案面用力一放，怒道：「這麼涼的湯，也端給老夫！」

那侍僕嚇蒙了，跪下不停地叩頭。

跪著的潘滔眼望几案，想去拂抹那些順案面淅淅瀝瀝下流的湯水，司馬越早向他伸了一下手，道：「莫管他案面湯水如何，你起來，持老夫手諭去倉垣，命王讚速來守衛京師洛陽。」

潘滔施禮領命，道：「是。」

潘滔第一天去，第二天就匆匆返回洛陽，直接去了右軍兵營右衛將軍何倫那裡，氣得顧不上禮節，向何倫說道：「這個王讚實在忘恩負義。當初三番五次託程胖子（侍中程延）向東海王殿下請求擢他做太守，今日做了太守，竟連殿下的親筆手諭都不認了。」

離座站起來的何倫問道：「怎麼，他不來？」

潘滔道：「他要來了，我還先跑到你這裡來說這話？」情緒半天平靜不下來，喘著氣又道：「領命去的時候程胖子就懷疑他會不會來，我說以王公曾有『誓滅胡寇』的決心看，他不會

置國朝之重、民心之重於不顧。可如今呢，言猶在耳，他則態度大變，拒絕殿下之遣，不願前來抵禦漢兵對京師的入侵。」

看潘滔氣咻咻的樣子，何倫略欠身一俯，道：「他是見殿下快失勢的人了，不奉命也罷黜不了他，如果還能說罷黜哪個就罷黜哪個，你看他跑得快不快！唉，有的人吶，你生氣也沒用。」他讓侍僕端來湯水，送到潘滔面前，道：「我看你也得想到，王公可能是懼怕當今橫掃中原、獨步天下的第一戰將石勒，不願再與他對陣交兵。」

潘滔憤怒滿腹，抬了抬頭，道：「這我能想到，可我沒辦法去見殿下呀。」

何倫道：「沒辦法見也得見。要不，我陪你走一趟？」

潘滔拱手施禮，道：「好，陪我去。」

兩人連袂來到太傅司馬越的廨庭，門上報進，裡頭霎時出來四個佩劍侍衛。潘滔不知為何這樣，卻步後閃。侍衛們見是潘滔、何倫，才笑著揖讓出手，道：「是我們太過小心了，且莫見怪，請。」

潘滔、何倫謙恭還禮，進了正庭，潘滔當庭下跪，稟道：「潘滔無能，沒能請來王公。」

司馬越哼了一聲，道：「連王贊也不聽老夫調遣了？」

他氣憤不過，霍地離座起來走到門外，嘿嘿冷笑幾聲後，手指親侍命他們預備步輦，道：「王贊不認手諭，待老夫親自去，看他認不認陛下欽命的這個統御文武以揆百事的太傅！」

隔門望見侍兵們推來一輛步輦，潘滔、何倫同時出門來看，是司馬越要坐步輦親自去倉垣見王贊，他們忙把司馬越勸回庭裡坐了，潘滔說道：「殿下萬不可去。潘滔這張臉丟就丟了，值不得幾何。殿下您可是當朝一柱，尊貴之軀，您去了，他藉病不來，您又如何出得他的門？」

何倫道：「是呀殿下，您犯不著去討那份沒趣。」他自以為是來幫潘滔的，不想多說，又覺得不能不趁此說幾句司馬越愛聽的話，於是道：「吾等知道殿下煩躁，一人擔著軍國重任，是當今唯一濟世棟梁。沒有殿下您的支撐，朝廷早不知成了什麼樣子。」

司馬越深感帝國衰微，衰老皺巴的臉無力地擺動了一下，喟嘆道：「原想南有王康，東有王贊，孤危的洛陽遇急之時，尚可就近將兵援救。可今日，王康殉國，王贊又不願來對付強敵，只城內的零散禁兵，還能擋幾日風寒？不說石勒二十萬大軍齊來，三萬兩萬兵馬來攻，也守不住呀！你們說，老夫就這般等城破被擒？喂，老夫問話了，你們嘀咕什麼？」

潘滔、何倫嘟了嘴，沒有應聲。

司馬越凶狠逼問：「你們也不想搭理老夫了？」

潘滔一驚，躬身施禮，接話道：「是說有些朝臣悄聲談論國祚將盡。」此刻他不知怎麼就微覷了一眼氣色難看的司馬越，嚇壞了，低頭趴在地上叩頭，道：「潘滔死罪，死罪。」

第二十一回　屍驚太傅憂鬱命終 屋禁軍司始悔前愆

司馬越道：「什麼死罪？起來，去傳王太尉來見。」

潘滔這才輕鬆下來，再拜謝過，站起來退出，沒過多久領了王太尉進來。王衍彎腰相接兩手前拱向司馬越揖禮，問道：「太傅傳我來，是不是說許昌失守，石勒大軍將要來攻打京師了？」

司馬越道：「你也知道了？」

王衍道：「我方才在大殿回稟戰事，聽跑來的散兵說的，陛下吩咐一定要守住。」

還在發火的司馬越，道：「他（司馬熾）坐在皇位上說話不覺累，守住，守住，本錢都打光了，憑什麼守？」連聲嘆氣看王衍，道：「王太尉，你沒有對他說眼下將無戰心，兵無鬥志，京師難保嗎？」

王衍道：「說來，可陛下說不是還有幾萬禁兵，憑城固守，等待援兵。」

司馬越道：「禁兵只是禁兵，沒有臨過大敵。」沉緩搖頭之間，大叫了一聲：「王太尉，你遵皇命督兵守城，老夫帶一哨人馬去討伐石勒。」

王衍略微一呆，轉而嘿嘿冷笑道：「還是你精明，想撂下京師不管走開。」

戳穿其私的話讓司馬越吃驚不小。他早想帶兵離開洛陽了，就怕別人說他撂挑子，一直拖到這時候，他把臉一黑，吼道：「誰撂下京師不管了？」

王衍也板起面孔，毫不客氣地大聲回擊，道：「面臨危局，你本應留在京師為君臣壯膽，而今玩弄權術，要帶兵走開，不是不管是什麼？」

　　案後的司馬越身子向前猛一彎，手指王衍大叫，道：「王衍，你不要把話說得這麼難聽，討伐石勒不是為京師？」

　　王衍已經看出這位精於權謀的司馬越要逃跑了，說道：「本來就是逃跑，還怕別人說。石勒又不是他娘現今才生出來的，早不討晚不討，偏在京師不保之時去討伐，帶兵離開，置身事外，將來京師失陷了，與己無關；保住了，還可以說是你在外討伐石勒的功勞，這等想兩頭落好之行，有幾人識不出？」

　　兩個人急赤白臉，越吵越凶……

　　過去，潘滔、何倫常見王衍對司馬越點頭彎腰甚是恭順，從沒見他與司馬越翻臉。今日怕事情落到自己頭上，竟也這般撕破臉皮戳穿司馬越之私。一直在關注這種爭吵局面的潘滔，急轉臉朝何倫遞個眼色，一人勸司馬越說殿下息怒，一人勸王衍說太尉你何必與太傅過不去呢。但他們各不相讓，吵嚷之聲如河水暴漲，一時不見減勢。正煩惱的時候，潘滔聽見門外有腳步聲，很希望這人能撩開門帷進來，緩和一下雙方的氣氛，可是腳步聲反倒走遠了。潘滔忙向門口走過一步，撩帷望一眼走過去的那人的背影，竟是常在廨庭裡外服侍司馬越的僕童。那僕童倒沒有來看這個熱鬧，守衛在附近的侍衛和兵卒則圍了

不少。何倫看見，揮手喝出一聲：「走開！」

　　司馬越陡然轉身，呵斥道：「跪下，一個右衛將軍居然敢斷喝老夫和太尉走開，來人！」

　　何倫惶懼跪爬在地，道：「殿下，不是，不是。」

　　潘滔把門帷掀大，道：「殿下您看，何將軍是讓那些圍觀看熱鬧的人走開。」

　　司馬越望了一眼門外低頭後退的一干兵卒，才溫和了聲氣，對何倫說道：「是老夫錯怪你了，起來吧。」

　　也可能由於在宮廷裡領受這樣的呵斥已經習以為常，聞而不驚了，所以何倫並不感到委屈，而且心裡還很想笑，無奈激出的一聲斷喝，抑止了一場兩個頂級職爵人物的唇槍舌劍，他參禮道：「我那時想的是，讓那些人聽了傳出去不好。」

　　不想再多說什麼的司馬越，說道：「知道了，王太尉，你們都下去吧，老夫累了。」

　　※

　　次日早朝，等在殿門的內侍和殿前侍衛一干人看見晉懷帝司馬熾從簷廊下過來，都跪下候迎，然後招呼司馬熾進入殿堂登上陛階，司馬熾邊坐邊望下面兩班文武，道：「太傅是何沒有來上朝？」

　　殿門當值向殿裡回道：「來了，來了，已走近廊階了。」

　　稟告的聲音不高，司馬熾耳聽眼望，果見司馬越邁進殿門

門檻。權傾人主、張狂驕行的帝國要人司馬越，披鎧佩劍，大搖大擺走到前面，站在文武兩班朝臣的正中，道：「老臣欲率大軍出京師去討伐石勒，專此上殿陛辭。」

司馬熾是個很在乎自己尊嚴的君主，他見司馬越未經准許，自行戎裝革履帶劍上殿，很是有些忍受不了，倒也一怒作罷。近幾年來，這種強將在外抗命橫行、權臣於內把持政柄的挾制日子，也已勉強適應，他嘆著氣愴然說道：「時下胡虜寇敵侵逼京畿，眼見國朝岌岌，維持社稷者全賴卿力，是何倒要離朕遠征呢？」兩眼盯視司馬越，微微擺動下頷，說道：「再說，征討石勒，可調王贊、苟晞前去，不必卿親往。京師洛陽乃國之根本，你還是為朕固守洛陽吧。」

司馬越聳肩晃腦，道：「洛陽固然得守，胡寇也不能不討。若幸能破賊，勝於固守洛陽多矣！」

見他去意已決，司馬熾低下頭，右手手背朝外擺了一下。

在殿的尚書令苟藩，當即出班俯首奏道：「陛下，不可。」

司馬熾沒有抬頭，只把手又朝外擺了擺。

這手勢，是一種心不願勢所脅的允許。司馬越掃了一眼，扭頭走出殿門，幾個親侍跟在後面。他回到廨庭，一踏進門來，等在庭裡的長史潘滔撲通朝他跪下，道：「殿下是何非要離開京師呢？」

司馬越愣了一下，道：「你……什麼意思？」

第二十一回　屍驚太傅憂鬱命終　屋禁軍司始悔前愆

潘滔回道：「臣剛從何將軍那裡過來，他的看法是怕殿下這邊一離，那邊很快會徵召他人總攝朝政，那時會悔之不及。」

司馬越眉頭皺起，停了半晌，說道：「你說他（司馬熾）會徵苟晞入朝取代，懲治老夫？」

潘滔微微頷首，道：「臣與何將軍是有此慮，請殿下不可遠離京師。如若您看透了世事，煩於朝事了，倒不如功成身退，或者上表謝病，歸家頤養天年，方保……」

司馬越道：「你是說那樣方能壽終？」他仰臉朝向潘滔，冷冷笑道：「你錯了。老夫立得直，行得正，憑了苟晞、馮嵩一幫小人能扳倒老夫？倒是石勒大軍來攻，京師必然不保。今老夫領兵在外，也好見機而行，甚或京師臨危，他（司馬熾）會逃來相就，那時一切都由不得他了。」

這等篡逆口氣，嚇了潘滔一跳：「啊？」

潘滔驚慌異常，心跳怦怦，司馬越怎麼敢把這等隱密心跡拋露給自己呢？司馬越輔政數年，政績乏善可陳，卻每每高調倡言剪平胡寇重振朝綱這些場面話，內心裡卻早不願覲見晉懷帝司馬熾了。如果他被判罪斬首，自己必遭抄家滅族……正越想越怕，不意司馬越伸手指住他哈哈狂笑，道：「看你那呆樣，你害怕了？老夫不怕，你怕什麼？不拘跟他做事，還是跟老夫做事，還怕沒有你的俸祿！」

潘滔瞟視司馬越，道：「殿下這樣行事，不成了王太尉說的

那樣了。唔，不妥不妥，我與何將軍之意還是再看些日子吧，請殿下明鑒。」

司馬越道：「不用看，勢態已經很明朗了。」

視權如命的司馬越當然不願放棄朝權，設了隨行行臺[03]，擬表呈於司馬熾，授太尉王衍為隨軍軍司，命長史潘滔、龍驤將軍李惲、右衛將軍何倫鎮守京師洛陽，交代潘滔道：「你把這裡看緊點。」

知他話意所指，潘滔頓感為難，道：「京師可都是陛下的宗室親貴、九嬪世婦、帝王外戚、公卿寵將等，殿下這話不是讓臣為難嗎？」

司馬越笑出聲來，道：「怎麼，你下不了手？」他站起，狠盯潘滔一眼，道：「潘滔你記住，跟老夫做事心腸軟了可不行。」

潘滔沒有回話，只默默望著司馬越重又坐下去的身形。

※

永嘉四年（西元三一〇年）十二月，朝野局勢波譎雲詭，事態多變。偵探剛和司馬越稟報說屯兵許昌的石勒有南出迎接留在襄陽之地大軍的跡象，潘滔即派人送來石勒正謀劃進兵洛陽的消息。司馬越就怕石勒兵襲洛陽，丟下眷屬匆忙離開，兵馬卷甲長驅行至項城[04]，才欲進不進地紮營駐蹕。項城這個地

03　行使朝廷職權的尚書事機構。

04　在今河南沈丘，縣城西南南頓有項關。

第二十一回　屍驚太傅憂鬱命終　屋禁軍司始悔前愆

方，雖然平坦難守，但四出通暢，一旦漢兵來襲，他可以向東南建業琅琊王司馬睿靠攏，也可逃回自己的封地東海。

司馬越躲開了漢軍攻打洛陽帶來的災難，可也並不清靜，攻擊和謾罵的聲音尾隨而至。他當然要壓制這些聲音，把精力放在了對抗老政敵苟晞幾個人身上。他先將豫州刺史馮嵩聘為左司馬，奪去他的兵權，又派親信探聽到苟晞被漢軍戰敗以後，退屯巨野縣南山區。潘滔和尚書劉曾便趁機進言，說苟晞此舉意在圖害司馬越，更加速了司馬越與苟晞的摩擦 —— 司馬越下令起兵討伐苟晞。潛在司馬越大營的苟晞密探很快把這一消息報了回去，說司馬越起兵既是舊怨，又有潘滔、劉曾的讒間挑撥。苟晞大怒，上表司馬越索要長史潘滔、尚書劉曾、侍中程延三人首級。司馬越不從，苟晞馬上召來所屬部將，問道：「如今天下淆亂，國將不國，你們可知誰是亂首禍源嗎？就是那個上欺君王、下壓群臣、生奸害人的東海王司馬越。我今已擬檄文上尊王室，下誅國賊，奉辭伐罪，起兵討伐司馬越，諸位可願與我一道建功立業？」

將領們道：「我們聽命將軍號令。」

苟晞命記室草擬散發檄文，列舉司馬越挾天子之威，挑動宗室諸王失和殘殺；廣樹黨羽，任由長史潘滔、從事中郎畢邈、主簿郭象等佞邪之流操縱朝權，刑賞自出；帶甲臨宮，妄構良善，逼帝誅殺大臣等亂國之罪。檄文傳至京師洛陽，侍中王雋呈於晉懷帝司馬熾，道：「陛下，您看這個。」

司馬熾是時恰在惱恨司馬越。他發現司馬越幾乎將所有的兵馬和糧草都帶走了，留下一座空城倒也罷了，還安插潘滔、李惲、何倫那些人堅守洛陽，倚勢作威，恨得他牙癢癢。所以他略看一眼檄文，很不在意那樣把它朝旁邊一推，散朝回了後宮。

侍中王雋看出司馬熾不在意的表情裡彷彿掩飾著很在意的氣色，他設法避開值宿將士又來覲見司馬熾，司馬熾拿出一道密詔，囑王雋速差精幹使臣送給苟晞，命他征討恃勢橫行的司馬越。

晉懷帝司馬熾與苟晞的密使頻繁往來，終於讓司馬越親信右衛將軍何倫覺察出來，派兵捉住使臣，搜出苟晞上呈司馬熾討伐司馬越的奏表，立即送到項城，司馬越看罷，吼道：「可恨！可恨！」

舊仇未了，新恨又來。司馬越震怒之下，連夜趕寫出檄文，發至州郡，聲討苟晞謀反，派遣部將楊瑁、徐州刺史裴盾聯合起兵攻打苟晞，反被苟晞打得大敗而歸。

苟晞乘勝出兵追擊往項城逃跑的楊、裴二將，把司馬越注意力吸引過去，暗裡卻又派出兩哨精騎，去捕殺司馬越的親信。其中一哨人馬潛入洛陽殺長史潘滔，潘滔在偶然的機會中得信逃跑，躲過一劫；另一哨人馬直撲項城刺殺跟在司馬越身邊的劉曾、程延，夜半越牆摸進屋舍，把兩人的頭割去。

第二十一回　屍驚太傅憂鬱命終　屋禁軍司始悔前愆

　　得悉劉、程遇害，司馬越命親侍秉燭引路來到兩人屋舍探視，看見兩具無首屍體，急忙伸手摀住兩眼倒步回轉，撲通朝後跌倒，昏厥過去。眾人把他抬回大帳，後半夜才睜眼醒來坐起，說了一句苟晞存心與他勢不兩立的話，又仰面跌倒。

　　已近耄耋之年的司馬越，垂垂老矣。身體本就虛弱，今復遭此驚嚇，昏沉難醒，甚至在睡夢中大叫「無頭鬼來了，無頭鬼來了」，鬧得人心惶惶。王衍勸他窩在帳榻將養，而他偏不願意放棄權力。有一天夜間，聽見有人向帳門跑來，說他要面見太傅。王衍怕勞累司馬越病體，出帳悄聲說道：「你有事可到我帳裡來說。」

　　王衍剛領了那人回到自己帳裡，司馬越暗使身邊親侍把守門侍衛傳入詢問，說是楊瑁將軍派人來請兵增援，以抵禦苟晞南犯之敵。

　　那侍衛出帳後沒過多久，王衍輕著腳步進來，走到司馬越榻前彎腰看了看，才穩穩坐下閉目小憩。司馬越奄忽一坐，手指王衍，吼道：「王夷甫，老夫還沒死，你就想取代老夫專執朝權了？」

　　王衍一抖身睜開眼，見司馬越直眉瞪眼，呼哧呼哧喘氣，蒼白而亂的鬍鬚隨了臉頰的一鼓一落而抖動。這臉色讓王衍感到很氣憤，猛撥一下司馬越的手，怒道：「太傅殿下，您說的這叫什麼話？」

司馬越道：「事情你清楚。」復又躺下不說話了。

王衍站起來，氣呼呼地朝司馬越撂下一句「無稽之談」，拔腿回了自己帳裡。前方使者與偵探報來的軍牒急報，王衍概不過問，讓他們直接報給了司馬越。這天臨近天黑，司馬越正進食，一個偵探來報，道：「稟報殿下，漢將石勒悉起屯駐許昌兵馬來犯項城。」

大帳裡，詢問石勒留在襄陽的兵馬動靜還沒有完，帳門外又傳來一聲「報」，守門侍衛忙把偵探領進帳來，報說石勒留屯南面的幾萬漢兵也朝項城方向來。司馬越聽了，身軀悠悠一晃，跌倒在地……

還沒有從驚嚇刺激中靜養恢復常態的司馬越，這時候又接到消息，說苟晞的另一路兵馬從東南襲來，這使他三面受敵，自己無將可遣、無兵可調，內外交困，憂灼悒鬱，以致病篤不起。

晉懷帝司馬熾永嘉五年（西元三一一年）三月十九，八王之亂的最後一王 —— 東海王司馬越自料陽壽不多，命親侍將王衍帶到他的榻前，託付將他歸葬封地東海，囑完後事，命終西去。

八王之亂的影子，總算徹底灰飛煙滅了。

司馬越死後，軍中沒有主帥，頃刻陷於混亂。在洛陽逃出跑來項城的潘滔和幾位將軍，跪請王衍主持大局，料理司馬越後事。王衍謙辭推讓襄陽王司馬范來擔當這個職事。司馬范是

楚王司馬瑋之子，知道情勢難以挽回，說什麼也不擔這個責。
如此一讓一推之間，王衍拿了一片破棕編墊到屁股下木然呆
坐。潘滔知他心裡難過，任他獨坐了大半天以後，拉了襄陽王
司馬範和各位將軍過去勸說，以司馬越臨終委託為由，硬把他
推上統帥地位。

王衍祕不發喪，將司馬越屍體用棺柩裝殮，載入轎車裡，
統領從洛陽帶出來的所有人馬偃旗息鼓東行。而司馬越的死
訊，還是很快傳到了洛陽，司馬熾不覺心中大快，出來寢宮望
空說了一句「蒼天有眼」，立刻來到殿堂發文詔誥天下，貶謫司
馬越為縣王，同時封苟晞為大將軍、大都督，督青、兗、徐、
荊、豫、揚 [05] 六州諸軍事，朝廷軍政大權集於苟晞一身。

苟晞醞釀振拔自強改變晉廷現狀的舉措還沒有成熟，石勒
東進大軍倒突破了他的防區，他慌亂之下派人把南去攻打項地
兵馬半道遣回，屯紮於倉垣、蒙城 [06] 一線。

行進在途中的石勒這邊，半天之內接到三路探馬來報軍情
──苟晞之兵北撤、司馬越之眾東去，接著司馬越已死的消息
便到了。張賓端詳了一陣石勒有些自信的臉，道：「明公有了
破司馬越帶出來的那些兵馬之策了？」

石勒微笑道：「用騎兵閃擊，這一仗必勝。」

05　豫指豫州，此時治所在今河南淮陽。揚指揚州，古九州之一，其治所屢有徙移，晉
　　時移至今江蘇南京。

06　在今河南東南部至安徽亳州之間。

張賓道：「您倒那麼有把握？」

時下的實力對比讓石勒很有信心，道：「你不是教我說兵法云，有一倍於敵的兵力可以與敵兵較量嗎，我今兵力兩倍於敵，又多是騎兵，官兵全是徒卒；以騎兵之長，擊徒卒行走緩慢之短，其優在我。還有，那些敵兵半數以上是司馬越營私招募的，沒怎麼打過仗，現下又死了司馬越，低落的士氣怎可與我高昂士氣的將士相對抗呢？」

張賓聽了十分驚喜，道：「明公所見甚當，閃擊之兵這邊一起，必致敵兵不戰自潰。」

接著石勒望了望原野，伸一下手，道：「我再差一員打前站的戰將，司馬越帶出來的那些王公大臣的頭，很快會擺到我的軍旗之下。」

張賓佩服石勒的長進，問道：「您想差遣哪位將軍？」

石勒道：「孔萇如何？」

張賓想的也是孔萇，笑著點了一下頭。

就張敬、支雄、桃豹、逯明、呼延莫諸人的資質與智勇而論，帶幾萬兵馬都可以獨當一面，只是兵略上較孔萇稍遜一籌。石勒馬上傳來孔萇，撥出十萬精騎命他帶了追擊而去。

前鋒孔萇之眾全是良馬強弓，輕騎疾進，一口氣追至苦縣寧平城 [07]，追上了官兵，撥出張噎僕、夒安、孔豚、趙鹿率領

07　當時苦縣治所在今河南鹿邑，寧平城今屬河南鄲城。

第二十一回　屍驚太傅憂鬱命終　屋禁軍司始悔前愆

四萬精騎直驅至前去衝殺那些企圖阻擊漢軍的官兵，將留下來的將領分為左右兩翼，桃豹、張越、吳豫、郭敖四人領三萬騎兵為左翼，呼延莫、郭黑略、劉征、劉寶四人領三萬騎兵為右翼，從兩側快速前繞。

隨後的石勒見前面慢下來了，手裡的鞭指了一下支雄，命他單騎跑去看看出了什麼事。

支雄縱馬前奔不到一里，望見張噎僕與一員晉將刀矛交鋒惡戰，沒有兩個回合就累得汗流滿面。支雄急出槍接住，張噎僕大喊道：「支將軍，這個晉將叫錢瑞，防住他的長矛！」張噎僕急得揮刀去砍錢瑞的馬腿，卻只劃掉了一點皮毛，那馬向前一栽，又一振而起，沒有倒地的錢瑞借勢執矛來擋支雄。支雄一槍把他挑離馬鞍，從後面趕上來的夔安趨前一步將他殺死。夔安、支雄兩人從後面掩殺上來，桃豹、呼延莫兩路側翼的前哨也已將王衍所眾截住，三面合圍向中間壓縮。

慌亂中的王衍彷徨四顧，抬手命人抵敵，襄陽王司馬范飛馬持矛出戰，馬中箭而死，廷尉諸葛詮和一干兵卒將他搶回，道：「殿下，您不要命了？」

司馬范道：「國都要滅了，還有什麼臉活。」

本來這話不是針對王衍說的，可王衍一時滿臉羞慚，肩膀靠在司馬越棺柩上不動了。

諸王公唉聲嘆氣坐下不走，有人火急火燎向王衍身邊走

來，問道：「太尉，我們只有死路一條了？」

王衍半晌只嘆了一口氣。

不說王衍已調不出兵將，即使有回天法力也無法讓他施展，孔萇已下了「放箭」的命令，三面騎兵強弓弩箭密如雨點射向官兵。除了跑掉的以外，幾乎全部死在箭矢之下。

靠在車輿邊的王衍，眼見箭矢亂飛，順勢緊靠車輿的木輪龜縮下去，兩手抱在頭上。

其他一些王公大臣，襄陽王司馬范、任城王司馬濟、武陵莊王司馬澹、西河王司馬喜、梁懷王司馬禧、齊王司馬超、廷尉諸葛詮、豫州刺史劉喬一干人等，也像王衍那樣，依憑車輿棺柩的遮罩沒有中箭，漢兵把他們悉數擒拿。

※

此刻石勒中軍已趕到，侍兵張起大帳，石勒、張賓入帳坐定，命孔萇諸將把所捉晉廷王公大臣押到面前。石勒見這些人怔營惶怖，頭都不敢抬，命他們席地坐下，手指王衍，問道：「你是王衍王夷甫？」

跪爬在地的王衍答道：「是敗軍之帥王衍。」

石勒呵呵笑了，道：「你什麼時候做元帥了，你也配做元帥？」

張賓道：「司馬越死，軍中無主，現推王衍來充任。文職武用，不敗才怪。」

第二十一回　屍驚太傅憂鬱命終　屋禁軍司始悔前愆

王衍道：「正是正是，司馬越去項城時命我從軍，當隨軍軍司，也是司馬越臨死託我主持陣前軍務，不得已而為之。」

石勒道：「你昔年做侍郎，在洛陽東城捉拿羯童不是挺凶的嗎，如今那個氣勢哪裡去了？」

曾經的羯童一嘯驚天案，已經沉寂許多年了，縱令在王衍頭腦裡有過這麼回事，那也只是一個模糊影子。可他並不知曉眼前這位與晉朝打了多年仗的領兵大將軍石勒，就是羯童。現在聽了石勒所言，王衍周身猛一戰慄，小心引頸向上瞄了一眼，似已明白了些什麼。

石勒斷喝出那一聲以後，停了片刻，款顏道：「王衍，你也算歷事三個君主的宿臣名輔，當自知在晉之敗落中應當承擔之責？」

王衍臨危變節是慣常做派，這時他眉毛略一上挑，嘴唇嚅動半晌，道：「我……我……」

郭黑略手中劍一擺，道：「我，我什麼？叫你說你就說。」

王衍似搖非搖了一下頭，道：「我雖為太尉，也只是徒有其名。亂國之罪，在司馬氏父子，不在我。」

石勒憤視王衍，道：「太尉之職，位列三公，身負軍國重任，怎說罪不在己？那我問你，為官之責是什麼？」

王衍的頭臉重又深埋下去，道：「上匡朝廷，下恤黎民。」

石勒站起來，道：「就算你說的是，那麼『上匡朝廷』你匡

了些什麼？『下恤黎民』，又恤在哪裡？數年來，晉廷邪佞之徒當政，排斥殺害忠正之士，而且兵燹旱魃連發，害得百姓缺衣少食，流民遍地，你恤問過，還是撥糧賑濟過？你做官不做事，還為虎作倀，淆亂天下！」

張賓道：「朝野上下早已流傳著司馬炎說過的一句話，叫清談誤國，指的便是以他為首的幾個。他們宣揚老莊玄學，無為而治，騙取寵信，升官享樂，哪裡想過扶危濟困。聽說并州荒饉日甚那年，劉琨為民請命，上表請求晉廷從國庫撥穀五百萬斛、絹五百萬匹、棉五百萬斤，賑濟災民，晉廷一點都沒有給，是不是？」

王衍仍然跪爬在地，豆大的汗珠直往下滴，道：「是，沒有給。」

石勒瞟一眼王衍，然後轉向其他人。這些人，為個人生死計，乞憐保命，但有一人站起來，剛強不屈，說道：「石勒，我乃襄陽王司馬范，今日兵敗落在你手裡，自愧不已，還怎麼受得了這般責問！」他逕自走向帳門，半掀帷帳扭臉發著狠，道：「本王在外面等候受刑。」

目視司馬范走出門外，石勒暗自低聲說道：「想不到司馬氏子孫尚有這等有骨氣之人。」

石勒揮手讓眾將士將他們押出帳外。那王衍有意拖在最後，臨至門又回倒了一步，道：「我還有幾言留給石大將軍：

211

第二十一回　屍驚太傅憂鬱命終　屋禁軍司始悔前愆

晉亡之日迫近，大將軍文韜武略名冠當世，眾望所歸，當順天應時，稱尊四方，吾等願效命於您的馬前。」

孔萇手指帳外，斥道：「出去！」

張賓見石勒站著半天不抬腳出帳，因道：「明公是不是捨不得殺司馬范？」

石勒道：「欲成大事者當大度容人，寬懷為政，不應計較那些小事。」

孔萇道：「能容則容，古往今來，能被推崇稱王稱霸者，皆寬容大度之人。」低語了一聲，隨又眼望石勒道：「裨將觀大將軍對司馬范有憐惜之意，可是彼之官爵都是晉廷賜封，難免心存懷晉之情，留之恐生他變。」

張賓趕快補言幾句：「王衍好塵談，對治世建業有害無益，留下來也沒用。」

石勒道：「不能用就不要用了，然加以鋒刃又不好。」

張賓道：「統統交給孔萇、支雄、桃豹幾位將軍，讓他等得個囫圇屍首罷了。」

石勒點頭應允，孔萇領命，當即吩咐將士備了酒食，讓王衍諸人飽食一頓，禁入一座石屋裡。王衍預感到死期到了，這時候聽門上閂了鐵杠，說道：「唉，沒想到這所禁屋便是我們的墳墓了。」

齊王司馬超道：「太尉何以知道？」

王衍抓住司馬超的手，沉沉嗟悔無及，道：「人說死逢仇敵，石勒在大帳一開口便提及舊事——早年洛陽東門捉拿羯童，這不說明那羯童那就是他了。落入仇人手裡，哪能不死？我王衍承祖考遺德，官至極品，但誤入歧途。假若你我早拋棄清談，共將王室，也不至於落得如此下場。」

靠牆半躺的武陵莊王司馬澹，聽出王衍悔恨交集，爬起來道：「人說石勒是個殺人不眨眼的魔王，我看也不像眾人說的那樣惡。若死，也是吾等幾個王，你太尉、廷尉、劉刺史不是司馬家的人，死不了。」

豫州刺史劉喬，以為自己還有些力氣，約幾個人齊力掀門，朝外叫道：「放我出去見石勒！」

孔萇聽到喊叫，怕出意外，速命幾百將士圍住石屋用力推倒四壁石牆，裡面的人全被壓死在倒塌的石塊底下。

※

盡滅東海王司馬越和太尉王衍所帶朝臣和兵馬後，石勒下令拔營返回許昌。途經洧倉[08]又圍殲了司馬越留守洛陽的親信龍驤將軍李惲、右衛將軍何倫從洛陽帶出來的許多官兵。[09]李惲、何倫戰敗逃跑。司馬越妻子裴氏，混在被分離出來的百姓和婦幼中，渡江去了建業，琅琊王司馬睿收留了她。

08　在今河南鄢陵境。
09　包括司馬越的兒子司馬毗。

第二十一回　屍驚太傅憂鬱命終 屋禁軍司始悔前愆

　　旬日之間，前後兩役殲滅晉朝官兵十萬餘人，襲殺司馬宗室四十八王。

　　石勒威震中原。

第二十二回

破洛陽漢兵俘懷帝 入蒙城鐵鍊鎖苟晞

第二十二回　破洛陽漢兵俘懷帝 入蒙城鐵鍊鎖苟晞

　　堅持在洛陽城內的晉懷帝司馬熾，詔命太子太傅傅祗為司徒，進尚書令苟藩為司空，加封南陽王司馬模為大都督、張軌為車騎大將軍、琅琊王司馬睿為大將軍兼領揚、江、糊、交、廣五州諸軍事，來與苟晞、劉琨等支撐殘局。只是世亂難平，日子依舊很不好過。他差人與苟晞商議，想讓他帶兵入朝，成為京師的防衛力量，而苟晞奏請司馬熾遷都倉垣。司馬熾還在徵詢臣僚是否遷出洛陽的意見，苟晞倒派遣從事中郎劉會帶著數十隻舟楫、五百宿衛，攜一千斛稻穀到洛陽迎駕。劉會久等不見司馬熾遷都旨意下達，只好稱謝而返覆命。

　　盡快將司馬熾控制到自己手上，是苟晞已有的想法。他預備好一切，準備親往洛陽進諫司馬熾東遷，不料洛陽城已被漢軍團團圍住。

　　事情是這樣的。永嘉五年，即漢光興二年（西元三一一年）四月初的一天，漢帝劉聰設朝，傾聽武班諸將稟奏防禦并州刺史劉琨犯境的防線之間，突轉話意問道：「安東大將軍南出時已積歲，不知勝負如何？」

　　河內王劉粲出班奏道：「前日有奏表說大捷，連克南陽、江西諸地以後，復東出追殲晉太尉王衍之眾事畢，今屯兵洛陽之南，候命而發。」

　　恭立陛階之前的廷尉喬智明和尚書令等官員，接連奏稟了洛陽兵微將寡，智困略窮，其敗亡不可復振，出兵攻伐正當其時。

有一卷奏表建議劉聰御駕親征攻打洛陽，他抖開這些奏表擺在案面上，邊看邊說道：「朕之前幾攻洛陽均未得手，很想率領你們將兵親征，只是朝中諸事脫不開身，今欲另遣一將前往，助大將軍石勒攻取洛陽，誰肯代朕一行？」

武班中一將出列參禮，道：「臣願往。」

劉聰掩卷下視，見是劉曜，便道：「始安王出征，正合朕意，點兵去吧。」

始安王劉曜將兵五萬來見石勒。

看過劉聰命他與劉曜會攻洛陽的詔令，石勒自為前鋒，悉起屯駐許昌一線之眾向洛陽來。命孔萇、刁膺領大隊兵馬走驛道，自以數千之眾順山路朝宜陽方向行進，路過九皋山，看見探馬飛馳而來，張賓約夔保、桃豹、徐光一起湊過去，聽探馬說前面並無官兵把守，石勒即命眾將領兵沿伊水岸邊北進，屯兵宜陽一帶，與劉曜所帶之眾同時到達洛陽，把城池包圍起來。

城內的司馬熾督促所有將領集中兵力日夜守城，漢軍攻打一月有餘不克。

在劉曜、石勒大軍圍城的這段時間裡，苟晞送的稻穀早吃完了，洛陽城又陷入援隔糧絕困守「愁」城之狀，那些王公卿相才叫嚷遷都倉垣有糧吃，怎麼說也強於在洛陽挨餓。司馬熾見他們想通了，命內侍預備車輿馬上遷都。

可是司馬越、王衍在時連皇宮裡的牛車都賣光了，起程的

第二十二回　破洛陽漢兵俘懷帝 入蒙城鐵鍊鎖苟晞

時候，司馬熾與文武大臣都得徒步而行。走出西掖門，行至銅駝街，兩邊竄出一夥索要買路錢的強盜，嚇得大臣們扔掉攜帶之物，保護司馬熾又退回宮裡。

駐守河陽硤石之地的校尉魏浚，探知司馬熾在宮裡承受著難以忍受的飢餓，帶領兵馬劫得一些稻穀送到宮中救急。司馬熾感激涕零，當下擢升魏浚為揚威將軍，領平陽太守。

趁著有這點穀物，司馬熾急命司空荀藩及其弟荀組到洛水去預備船隻，改由坐船東去。船隻剛剛備辦就緒，殺來無數兵馬，將船隻一把火燒了。

焚燒船隻的，是漢國大將軍呼延晏的部眾。

呼延晏在劉聰接到始安王劉曜增兵奏表之後，受命率精兵二萬七千人來助劉曜、石勒攻打洛陽。他將兵出太行，渡河水，一路與晉兵大小十二戰，長驅直入洛陽城北。

急於事功的呼延晏，一到這裡就鼓勵將士們說，晉朝兵力積弱日久，頂不住他幾卜攻擊，想趁劉曜、石勒去河北籌措糧草期間攻洛陽，擊鼓申令不必安營，限五日拿下洛陽城。

在軍旅世界裡，將士的天職是服從，一步未停衝向北城二門。在王朝危急的關鍵時刻，城內的晉懷帝司馬熾急召文武大臣商量禦敵之策，一個個都垂頭不語。司馬熾只好令眾人退下，走下陛階召見了一個人 —— 將軍張進，說道：「朕只有煩勞你出城抵擋一陣了。」

張進非常為難，遲遲拱手參禮，道：「陛下欽差，臣自當奉命，然大廈將傾，斷非一木能支，還是得速求外援。」

話音低沉的司馬熾都快要哭出聲來了，道：「時勢一刻不容遲緩，朕就難為將軍這一回了。」

可憐司馬熾的苦苦哀求，張進跪下回說臣領命。司馬熾彎腰雙手將他扶起，張進感動之下，又深躬下去參了一禮，率領禁軍兩千人出城交戰不利，收兵退回。

京師洛陽其時守兵雖少，但憑藉漢魏故城城牆高大厚實的頑強防禦，呼延晏五日限期的猛攻連一個缺口都沒有打開。呼延晏只得撤下攻城的將士，紮下營寨，帶了幾位部將從城西北沿環城陽渠南走東折。過了津陽門，再往前就是宣陽門南出的陽渠浮橋了，才喝令眾人駐足，說道：「光石勒近期擊散和殺死司馬越、李惲、何倫從洛陽帶出去的兵馬就有十萬餘人，為何城上還有那麼多的守兵？」

將軍曹奇道：「雖不知城內底細，然以末將估計，其兵力不會多，興許是把大部分將士擺到城牆上以壯膽吧。」

呼延晏道：「可是彼在城上，我在城下，兵卒到不了城牆下就被射死了，這該如何破城？」

隨在左邊的潘仁將軍站住了，目光順著城牆向上審視了半天之後，跟上來說道：「如果在城邊築起土山，居高下視裡面虛實，又可於土山上向城牆和城內放箭，晉兵不好守衛，便於

我軍順利爬梯而上，這樣可以攻進城去。」

　　呼延晏慢下來腳步，扭頭看著潘仁，贊道：「此策可行，不知土山築到何處好？」

　　潘仁略一想，道：「我聽說洛陽城東垣是城防重地，西北面樓觀甚多，還是把土山堆到南面。南面宣陽門為洛陽正門，能先將此門攻破最好。」

　　呼延晏轉向曹奇，曹奇也同意潘仁之見，帶領兵卒背土築起土山數座，弓箭手排列土山向對面城牆上連連放箭，晉兵不光沒辦法上城守衛，連走動都得用遮箭牌護身。呼延晏與將士們用雲梯攻城，許多石塊飛越城牆砸向土山，把他的人馬砸退，那些雲梯也被砸得粉碎。

　　記不得在什麼書上看過發石車的事，所以呼延晏又把潘仁召來，說城裡有了這東西，土山下視沒用了，讓他另想對策。此時，一名偵探飛馬前來報說，劉曜、石勒和將軍王彌的兵馬，已相繼集結在東南城門外了。呼延晏留下潘仁，自去大營進見始安王劉曜。

　　晉懷帝司馬熾見城外攻勢慢下來，趕緊召來司徒傅祗詢問苟藩兄弟預備船隻為何不見回信。傅祗跪下，回道：「臣已向陛下稟告過了，船隻讓漢兵燒了，司空兄弟去向不明。」

　　司馬熾拍拍頭，道：「把朕嚇糊塗了，倒忘了稟告過。苟藩兄弟那一頭指望不上了，朕命你速帶兵馬去河陽備船，從那裡西出。」

傅祇道：「去長安？是，臣領旨。」

恰在司馬熾簡單收拾行裝準備出城時，南垣平昌門被呼延晏領兵攻破了。司馬熾慌忙吩咐來報軍情的都尉速去南垣傳諭那裡的守兵拚死抵住漢兵的話還沒有說完，又飛來一騎報說漢將王彌部眾用弩箭射殺守衛將士，攻進宣陽門來了。漢兵從平昌、宣陽二門突入，城內大亂，守城兵馬完全失去抵抗能力。司馬熾聽了再也顧不上別的了，任由朝臣庾珉、王雋攙扶著他的臂膀出宮外逃，剛順街巷走了不遠，看見漢兵進至午門了，惶恐拐入華林園，想從那裡出城。

永嘉五年（西元三一一年）六月十一日，洛陽城陷，王彌、呼延晏比劉曜先一步入城，闖至南宮，縱兵大掠，宮中婦女、珍寶盡入其手。王彌見晉兵只顧逃命不再抵抗，領了部屬順街巷直奔北宮，行走緩慢的晉懷帝司馬熾等人悉數被活捉，押到端門幽禁起來。

※

攻城行動較慢的始安王劉曜率眾強攻西明門，衝進城裡來到太極殿，斬太子司馬銓、吳孝王司馬晏等王公大臣多人⋯⋯搜掠殿堂，獲傳國玉璽諸物，又往其他殿宇宮室掠取別的物品，在弘訓宮看見一個鬈髮秀眉修長的美女。此女是晉惠帝司馬衷四廢五立的皇后，名叫羊獻容。劉曜才不管他幾廢幾立，只感到與她相遇是命中注定的緣分，抱住求歡不放，然後說這

第二十二回　破洛陽漢兵俘懷帝 入蒙城鐵鍊鎖苟晞

女子歸我了，吩咐一位部將帶領三百兵卒護送回大帳。

劉曜發現王彌之眾幾乎搶掠了宮中所有的瑰寶，勃然大怒，將一個正行抄掠的將軍就地處死。

此人是王彌手下愛將，名叫王循。屬於王循統領的那些兵卒，當即與劉曜的兵馬爭鬥起來。王彌咽不下劉曜殺王循這口氣，率眾跑步趕來與劉曜對壘，雙方戰死千餘人。

聞知自家兵馬爭鬥，呼延晏帶了將士迅疾來到現場，揮動兩手猛喊，道：「都給我住手，平晉事業未竟，居然鬧出這等事來，還有臉回見陛下嗎？」

王彌的長史張嵩、大將徐邈幾個人，大步上前把王彌推到一邊去。但王彌覺得劉曜殺王循，實為蔑視他王彌，滿腹孤憤，想去石勒面前訴說。一打聽，才知道石勒沒有入城就率眾備了糧草，折回許昌築壘屯駐去了。石勒前段在襄陽曾說過，憑劉曜、王彌兵馬足可攻破京師洛陽，今又添了呼延晏，安有不破之理。所以他助呼延晏、王彌攻破平昌、宣陽二門之後，避免諸將爭功，撤兵離去，也就是說攻破洛陽城的功勞讓王彌、呼延晏共用。

沒見上石勒，王彌悻然回到營帳，脫下甲胄遞給侍兵套到杙上，侍兵又來接王彌取下來的防身短劍時，手慢了一些，王彌一劍插入那侍兵的胸膛，侍兵登時倒地氣絕。王彌抱起侍兵的屍體，大放悲聲，道：「是我不該把氣往你身上撒呀，你沒日

沒夜地侍奉我多年，今日反死在我的劍下，你你你，恨我吧！恨我吧！」

王彌追悔不已，點齊兵馬非要去尋戰劉曜不可。張嵩、徐邈將他勸回大帳，攙扶坐下，道：「眾人都知道破洛陽功在將軍，然始安王乃皇親，只要他不藉故刁難甚或加害，此事到此為止的好。」

聽從張、徐二人規勸，王彌親往劉曜大帳謙謹跪拜賠禮。

從根由上講，劉曜忌恨王彌，遠不是皇宮奇珍異寶和美色女子被他掠去，是因王彌不等劉曜將兵攻城的戰鼓擂響，先攻入城內，擒晉懷帝司馬熾名垂青史。現在見王彌一副謙恭的表情，只把陰黑的面孔溫和了一下，所積怒氣未消。入洛陽擒懷帝居有首功的王彌，此刻竟不能自抑興奮，微微前俯揖禮，道：「洛陽，天下之中，有山河四險之固，城池宮宇不假營修即可居住，殿下奏凱班師回朝，宜面奏陛下效法周平王[01]之世，自平陽遷都洛陽。」

劉曜自知自己的皇親地位、軍事優勢和權力，十分自信地冷冷反問道：「東周定都洛陽是為了以德服人，而非看中其險要地勢。」停了停，而後高仰起臉直望門外：「再者，方今天下未定，洛陽四面受敵，你以為那是好守的？」送走王彌後，他即

01　姬姓，名宜臼，東遷都城洛邑，即洛陽，建立東周，西元前七七〇至前七二〇年在位，死後傳位孫休。

第二十二回　破洛陽漢兵俘懷帝 入蒙城鐵鍊鎖苟晞

命將士一把火焚燒了洛陽宮宇，又遣兵挖掘晉帝諸陵，掠取了陵寢內的無數財寶。

不意劉曜如此，王彌罵道：「豎子，沒有遠謀，安能成就帝王之業！」他含恨離開洛陽，引兵東屯項關。

幾位部將跑來中軍大帳，報說王彌無視軍令，擅自撤走了，倒又觸及了劉曜胸中的餘怒，他從案後騰地一下站出來，召來呼延晏，命令道：「你給我追！」

呼延晏躬身參禮出帳，帶了部將曹奇、潘仁領兵在城外轉了一圈，回來說走遠了，不便追回。

一切歸於平靜，變化的背後是呼延晏不願看到兩支漢軍再次爭鬥。劉曜侍衛微笑著直視呼延晏，沒想到這個「晏子」還真把事態穩住了。劉曜臉色不悅，闔上眼皮不看呼延晏，只吩咐且下去歇息。歇了幾天之後，與呼延晏將晉懷帝司馬熾和侍中王雋等關入檻車，押解回朝覆命。

攻陷洛陽城，實是一場屠殺，士民死者三萬有餘。

※

漢國立國之君劉淵死後，張賓看出王彌不會久服於劉聰統御，今日果然與劉曜反目，相背南北而去，就問石勒我軍開往何處。石勒主張他走他的，我打我的。他率眾清理了洛陽周邊以後，返回許昌餉軍待命。

駐守許昌不足一月，石勒探聽到漢帝劉聰詔命始安王劉曜

西略長安，對他並沒有什麼差遣，又想南出江漢，命程遐北去帶上劉、程兩位夫人，隨於軍中一同前往。

過了數日，大帳守門侍衛入帳報說，前時派往東路的偵探說有軍情呈稟，他要不要見。

石勒一揮手，道：「你傳出話去，允他進見。傳話以後，再去請參軍都尉張公[02] 到大帳來。」

前來稟報軍情的偵探與張賓差不多同時撩帷進來行禮，石勒賜座，張賓坐了，那偵探沒有坐，反而撲通跪下。張賓看了一眼，見是屢有軍情報來的磚塊臉形的偵探，便道：「明公見你勞頓，賜你坐下來稟奏。你不必拘謹，坐。」

那偵探恭敬一拜，說道：「可是，可是，這哪是小人坐的地方。」

石勒笑道：「叫你坐，你就坐吧。」

那偵探謝過石勒坐下，說他要向大將軍稟報苟晞和王贊的許多新情況……看見石勒臉色一下子凝重了，那偵探低下頭想著不該提這兩個人的名字，惹大將軍心情不快。其實，石勒也正因為想起倉垣之敗，甚是可恨，但他卻說道：「王贊是我征戰中的一大仇敵，對他的事已有安排，你只管把苟晞的近況說來。」

那偵探引背躬腰兩手著地又一拜，說道：「晉豫章王司馬端，洛陽城破趁亂逃出，去了司徒苟晞那裡。苟晞知道他是司

第二十二回　破洛陽漢兵俘懷帝 入蒙城鐵鍊鎖苟晞

馬熾之子，率眾奉他為皇太子，遂領兵徒屯蒙城，設行臺，承制刻璽置百官，自命為太子太傅，都督內外諸軍事。」

靜聽之間，張賓逕自嘿嘿冷笑。偵探以為是自己哪個地方說錯，驚慌著伏身下去請罪，道：「小人我稟報有差，願領罪。」

張賓收住笑聲，轉眼望石勒，道：「不是你稟報有差，是笑那些晉朝的王公臣僚，一個個貪權有道。方才刁膺、徐光、孔萇一干人在我帳裡數過，已有司徒傅祗的河陽行臺、司空荀藩與豫州刺史閻鼎所立的密縣行臺、幽州刺史王浚的幽州行臺，這又出來一個苟晞的蒙城行臺。一個司馬熾遭擄倒下，多個行臺驟起，都想像皇帝那樣發號行令，唯恐權力不到手。」

聽見石勒身前的案面響動了一下，張賓的話說到半中間停了下來。那偵探也被這響動嚇得兩肩一顫，又伏下身去。

張賓看石勒時，石勒正虛扶那偵探起來，道：「我是厭惡那些人都在學司馬越，不害臊。這不關你的事，繼續稟來。」

那偵探直起腰身重又稟報他所探知的消息，守門侍衛小心撩帷進至帳心參禮，道：「外面來了一個身穿戰甲的人，說是苟晞的部將傅暢，來投大將軍的，領他進來嗎？」

石勒目視張賓，張賓稍加思索，扶石勒進入套帳，又命石會撫劍守在套帳門旁，然後揮一下手，那侍衛彎腰倒退出門，一手掀帷帳，一手讓出，將傅暢請入。傅暢進來大帳一頭拜下，道：「降將傅暢拜見大將軍。」

張賓招手命傅暢起來，道：「我是張賓，大將軍等等便到。唉，傅將軍，你在蒙城助苟晞輔佐司馬端，正是得勢之時，為何反來投奔我主呢？」

　　傅暢又一拜，道：「苟晞輔佐了一個司馬端，志傲氣盈，得意忘形，比以前更加驕奢淫逸苛暴，動輒殺人，屬下離心。我不願無罪受誅，前來投奔明主。」

　　張賓轉向那偵探，道：「是這樣嗎？」

　　那偵探承顏俯首，回道：「正是。」

　　稍後，張賓回轉過臉問了傅暢一些苟晞兵營的動態，傅暢一口氣說出苟晞許多有失軍心民心的事體：「苟晞後庭妻妾佳麗數十，家儲幾百伎女侍婢，整日沉湎於聲色犬馬之中。前遼西太守閭亨，進諫苟晞戒酒色，撫吏卒，以使天下有歸。苟晞聽不進去，命武士把閭亨亂刀砍死。在他死前幾天，我說苟晞此人不祥，勸他隨我走另擇明主，他不走，終至慘禍臨身。從事中郎將明預，接受不了閭亨因諫被殺這個事實，入大帳拜見苟晞，說閭亨所諫乃天下之正，也是苟公之福，為何殺了他？苟晞說他殺閭亨與明預無關，喝令武士將明預趕出帳門。還有部將溫畿，眼見苟晞連一向忠於他的從事中郎都不能容忍，說不定哪天也會拿他溫畿開刀，不如早些躲過一邊，落得眼不見心不煩為好，帶了本部三千親兵出走。……」

　　張賓正與傅暢評說苟晞外表強橫孤傲，實則很空虛，歷來

第二十二回　破洛陽漢兵俘懷帝 入蒙城鐵鍊鎖苟晞

性情苛暴者，勝也容易，敗也容易，成不了大事。此時，石勒卻從套帳出來與傅暢見禮，傅暢屈腿跪倒恭敬一拜，隨口勸石勒出兵蒙城。望見石勒微微搖頭，傅暢以為石勒至今還忌憚苟晞，道：「苟晞是很強硬，但過於偏執。若出兵一戰勝之，便可以苟晞之敗證明大將軍您的強大。」

石勒看著他，只是狡黠地笑笑。

傅暢默自打量石勒臉色，見他沒有應聲，不禁愣在那裡，低頭暗道這下完了，石勒不會接納他傅暢了，但忽聽案後傳出一聲：「傅將軍請坐。」

傅暢一抬頭，見石勒伸手向他示坐，吊著的心登時落地，穩穩地坐了。

經與傅暢短暫交談，石勒見他有氣魄，頃刻撥出三千人假扮成苟晞的兵馬，讓傅暢帶了那偵探領路快速撲向蒙城，活捉了苟晞兄弟和司馬端。

良將惜良將，石勒不忍殺苟晞，勸他投降。苟晞不從，石勒用鐵鍊鎖了，他才答應投降，拜為左司馬，配給他一個單獨營帳，進出兵營自由，享受與其他將軍同等的待遇。苟晞脖頸掛著鎖鏈，一點也沒有出去走動的心情。整日待在營帳裡，有時待得悶了，伸手把門帷撩過一邊，坐到案後，兩隻手和手臂肘前伸攔到案面上，面朝帳門，似參禪靜坐……

忽一日，苟晞竟看見一個極像他的老搭檔王贊將軍的身

影，急促起身大步追出帳門，手指前走的人問守門侍衛，那人是誰？侍衛回答說他也不太清楚，只聽有人叫他王贊將軍。苟晞聽罷心裡暗想，這個忠心事晉的王贊也降了石勒？

自從有了王贊的影子，苟晞就不再待在營帳裡了，時常走出營帳到兵營間轉轉，很快弄清了王贊的職事和所在營帳。

此前，王贊得到洛陽失陷的消息，迅疾離開陳留竄到陽夏[03]，從那裡投奔江東的路上，被石勒差遣兵馬截擊活捉了，命為從事中郎之職，留在軍中聽用。這日午後，王贊把侍衛統統趕出門外，獨自在帳裡靜思日後出路。沒過多久，守門侍衛向他通稟，說有人要見他。王贊被俘至今，不隨便接近兵卒，更不妄通賓客，所以他把臉一繃，說道：「不見。」但馬上又問：「是個什麼人？」侍衛回道：「我也說不清，只見他脖頸上鎖了鐵鍊。」王贊覺得有點奇怪，站起來做了一個進來的手勢，道：「讓他進來。」

守門侍衛倒退腳步向門口走時，求見的人倒大步邁進帳門，兩手一拱，道：「怎麼，連我苟道將都不願見了？」

一看這般模樣的苟晞，王贊簡直傻眼了，倒退一步又一看，驚疑道：「誰能想到會是你呢？請坐，請坐。」

坐下以後，王贊抬手向苟晞一參，著眼看他脖頸的鎖鍊，卻沒敢直問。苟晞顯然覺出王贊在看他，就把石勒如何捉他鎖

第二十二回　破洛陽漢兵俘懷帝 入蒙城鐵鍊鎖苟晞

他的事如實說出：「王將軍，你甘心使兄弟我受這等羞辱？」

王贊半掩下眼皮，直挺挺地坐在那裡乾嘆氣。苟晞站起來，一步踏至王贊面前，道：「原以為你我身受同樣虐待，應當痛恨共同的暴虐者，你倒連一句同情的話都沒有。」說完，苟晞怒沖沖猛轉身面向帳門，看樣子要走。王贊起身走到帳門，撩帷看了看外面，深躬賠禮扶苟晞坐下，道：「不是你一個人，還有我——殺石勒，大不了與他同歸於盡。」

苟晞道：「我苟道將就知道你王贊是朝廷難得的忠臣良將，不會心甘情願降石勒的。」

兩人密議半個時辰，指帳發誓，共誅石勒。苟晞告辭出來，小跑鑽回自己營帳，站定喘了幾口氣，有些心虛那樣推開門帷縫隙望了望，見外頭一切如常，心跳慢慢穩下來。

或許是事該敗露，苟晞走出王贊帳門的那一刻，正好讓陪石勒從斜對過的吏卒帳群之間轉出來的張賓望見了，張賓有些懷疑，命張敬跟上去，一直跟到苟晞帳門旁。

張賓與石勒返至大帳，恰是程遐帶來兩位夫人歸來之時。支屈六與劉、程二位夫人進入中軍大帳拜見過石勒，便去拜見張賓。張賓想到他多時不在兵營，苟晞對他不會有什麼印象，當即命他換上一身兵卒服飾，把名字倒轉叫六屈，去做苟晞的侍衛，照顧苟晞的飲食起居。

苟晞之弟苟純，常在苟晞帳內閒坐，支屈六每次送吃的，幾乎都能碰到他，但今日送進來半晌不見他的面。將要服侍苟晞吃飯了，苟晞說他這時候不想吃，讓支屈六留下吃的出去吧。支屈六出了帳門，不多時，看見苟純去了苟晞帳裡。支屈六正要離開，發現帳門右側不遠處的一叢荊棘晃動，天空無風，荊棘為何晃動呢？支屈六多了個心眼，回轉身隱到苟晞營帳附近，直到天黑，從那裡鑽出來一個人，身著烏衣[04]，鬼鬼祟祟進了苟晞帳內，好一陣子，烏衣人才出了苟晞營帳，向東跑去。支屈六尾隨其後，到第二天太陽東升，混入下邑。支屈六探清此處是苟晞故將溫畿的兵馬駐守之地，才回到中軍大帳向石勒、張賓稟報。

　　張賓道：「我估計，苟晞想借溫畿之力謀反。支屈六你須倍加細心偵察，待拿到了真憑實據，方好治其罪。」

　　支屈六參禮，應道：「是。」

※

　　這天服侍苟晞吃飯的時候，支屈六說道：「將軍，小人過一二日要去下邑看表弟，來去得三五日光景。」

　　苟晞道：「哦，六屈，不知那邊有沒有街市，你為我買兩陶缶酎如何？」

　　支屈六道：「街市多為以物易物，要拿稻穀去交換。」

04　三國時庶民之服，也用於兵士，一直流行到魏晉之時。

第二十二回　破洛陽漢兵俘懷帝 入蒙城鐵鍊鎖苟晞

苟晞雙手捧起鎖鏈一攤，道：「你看我這般模樣，哪裡尋得來稻穀。唉，算了。」

支屈六瞟一眼苟晞不快的神色，道：「你是不大方便。要不小人為你想想辦法？到了那邊，請表弟拿他家的稻穀換吧，就算小人孝敬將軍了。」

苟晞拱手，道：「我謝謝你了。」

四天後，夜深人靜時，支屈六拿著兩陶缶酎來見苟晞，苟純也在座。苟晞一看支屈六手裡拿的陶缶，站起來笑臉相迎，命支屈六免禮坐下敘話。支屈六謙卑道：「將軍的營帳，哪有小人的座位？」

苟純接過陶缶，往几案上放，說道：「這算什麼營帳？真正的營帳恐怕要等到殺掉一個人才……」嘭，苟晞猛砸了一下案面，一眼朝苟純斜去。苟純身子一縮，望一眼支屈六，然後揭開陶缶蓋，彎腰伸鼻聞聞，道：「嗯，醇香撲鼻，是酎，是酎。你如何弄到的？」

苟晞道：「是六屈拿他表弟的稻穀換的吧？」支屈六點點頭，說：「他拿他家的稻穀帶我去換的。」

苟純把土布包裹的蓋子蓋到陶缶口上，道：「聞著酒的香味，如同回到了前時有過的酎加美女的日子，只是這曾經的日子說沒就沒了。沒有酎，沒有女人，我都快要瘋了。」看見苟晞對他搖頭，苟純即刻把話剎住。

支屈六想想苟純的話意，道：「以小人看，兩位將軍恭恭順順聽從大將軍鈞意做事，會有酒肉美女受用的。」

見苟純又要發洩，苟晞急出手指了一下座位，苟純慢騰騰坐下，道：「唉，誰讓我們姓苟呢，就這樣苟活吧。」

苟晞道：「休要胡言亂語，大將軍沒有殺你我，已經是很寬容了。」看了一下苟純，轉向支屈六：「你去吧，不要理他。」

支屈六回到自己營帳，等在門口的張賓侍衛把他領到張賓帳裡來，見石勒也在座，忙俯身參禮，張賓問他二苟情緒有無異常。支屈六便將兩人的對話複述了一遍，只不過苟晞的恨埋在心裡，苟純表現在嘴上。

石勒緩緩點頭，道：「這倒極像他們之性。有時候，苟晞比苟純多一層偽裝。支將軍，苟晞沒有讓你陪他飲？」

支屈六眼睛不住地眨動，道：「夜已深了，不會飲吧？」

張賓笑笑，道：「你不懂。心裡有鬼的人，往往會在深夜叫幾個人飲酒。你再去他的營帳旁窺探一回。」

支屈六應聲而去。

苟晞、苟純的營帳並排南向開門，與左面的桃豹比鄰而居，背後是斜坡，有雜草和亂石。支屈六甚是小心地從背後進至苟晞與桃豹營帳之間，在苟晞營帳離地半人高的地方一道縫隙往裡面看去，裡面有燭光，看不清人，只聽見相互的勸酒聲。後來支屈六豎起耳朵，貼近小縫，聽見有人說道：「下邑那邊能出多少人？」

第二十二回　破洛陽漢兵俘懷帝 入蒙城鐵鍊鎖苟晞

憑聲音辨別像王贊。

很快傳來苟晞的聲音，道：「他那裡悉數而出，也只三千之眾。王將軍，你手下有多少能為我所用？人少了可不行。」

王贊回答說八十多人，苟晞問道：「這些人可靠吧？」

回話的還是王贊，道：「原先都是我的部下，各有本事，打起仗來會為我們賣死力的。」

苟純道：「不拘出多出少，出就行。」

其餘的人也說了一些類似苟純的看法，王贊則反覆勸苟晞不是適宜動手的時機萬不可率然而動。

苟晞道：「王將軍說的是，此事確需伺機而發。眼前還就數你王將軍機警，在兵營走動查看情形的事，你最合適。」

王贊默認了苟晞的委託。

※

支屈六回見張賓，說張公你真神，竟然算出苟晞今夜會以飲酒之名而行不軌之事。張賓朝門口讓一下手，與支屈六一同來到石勒大帳，稟報了苟晞、王贊諸人相聚之狀。石勒聽罷，沉思片刻，問張賓可有妙計。張賓早成竹在胸，彎腰上前向石勒說出了他的計謀。石勒呵呵一笑，過了一下才和支屈六說。

真是江山易改，本性難移，苟晞總控制不住火爆脾氣。侍兵服侍他穿戎裝，不小心連帶了一下鎖鏈，苟晞說那侍兵有意取笑他，一手揪住頭髮，一手抓起一卷連編的竹簡照侍兵頭上

臉上狠狠地打了一頓。另一個侍兵跪下來求情，也被他打得鼻孔流血。兩個侍兵哭訴到桃豹營帳，桃豹手拔佩劍朝帳門一邁，馬上又想到自己奈何不了苟晞，把佩劍貫回腰間，招呼兩個被打傷了的侍兵去見石勒。石勒很生氣，叫了張賓來到苟晞營帳，詰責他藉端打人。苟晞抬手提了提鎖鏈，道：「都是這個引起的。大將軍還是為本將取了它吧。」

石勒搖手止道：「它本為磨煉將軍暴性而制，你的性子何時知道愛惜將士百姓了，那時就不會讓你再戴下去了。」

這麼長時間了，苟晞暴烈依然如故，氣得石勒當下帶了一干將軍、侍衛巡視兵營，特意讓苟晞走在前列。所到之處兵卒們拿苟晞當笑料，向他投石子、土塊，嘲笑侮辱他。

巡視到晡時，苟晞回到營帳看見苟純揣了一把短劍朝外走，慌忙揪住他一條手臂拖了回來，勸他待在帳裡，說自己去宿營士卒帳群那邊走動，嗅到一種乾炒豆麥的香味。順了這股飄散的香味往前走，看見一些兵卒忙忙碌碌預備兵械。又前走了一截，便是一長排炒製乾糧的大鼎鑊。憑多年的征戰經驗，心下明白石勒將有外征之行。

這一意外發現，樂得苟晞一口氣奔到王贊營帳，說了他的判斷。王贊也把他夜間看見幾個騎兵將領營帳前捆了幾十車乾草的情況告訴苟晞，苟晞說時機來了，但又立刻沉了臉，向王贊道了一聲他得回去摸清石勒向何處用兵就走了。

第二十二回　破洛陽漢兵俘懷帝 入蒙城鐵鍊鎖苟晞

次日旦食，苟晞有意探問支屈六，道：「本將軍聽說石大將軍欲向西討伐司馬模。」

支屈六眼望帳門，低聲道：「小人也只知一二，說是朝廷那邊有旨，不滅劉琨，平陽難以安寧，大概是北略并州吧？」

苟晞道：「何時出兵？」

支屈六回道：「差孔萇將軍率兵六萬為前鋒先行，吉日擇在二十三。今日二十，還剩三天。」

苟晞擔心時日不確，專以請纓赴戰立功之名去大帳進見石勒。料知他來探底，石勒便也故作姿態地說道，苟將軍作為一員戰將，想馳騁疆場立功能理解，可現下苟將軍脖頸戴了鎖鏈，不便在陣前施展身手，安慰他且莫心急。還說，今先差遣孔萇率六萬兵馬征討，若六萬人尚不足鏟平并州，他將與張賓悉起所眾前往，那時苟晞可隨中軍而行。

沒有從石勒言語表情中覺察出任何異樣，苟晞暗自得意，起身行禮，道：「就依大將軍說的，苟晞告退。」

把苟晞送出帳外，石勒來到張賓帳內，道：「你說苟晞會來大帳探我外征虛實，他果然來了。」

張賓請石勒坐下，道：「鬥勇，苟晞是老手；鬥智，他還差了點。」

石勒小坐片刻，站起走到帳門口，扭頭問張賓：「他下一步會有何舉動？」張賓道：「若選擇我大軍動後兵營有所空虛之機

行動，今夜必與王贊碰面，共謀舉事大計。」

「今夜？」石勒心裡似有疑問，卻又馬上吩咐張賓叫來支屈六，讓他再探。

像上一回一樣，支屈六來到苟晞營帳後面，順了那條縫隙朝裡窺視，依稀看見苟晞、王贊先已在座。片刻之後，苟純領了烏衣人進去向王贊做了引薦，帳裡的燭光就滅了。

聽完四人的密談，支屈六飛身來見張賓，說苟晞的確把我軍的動作看成裡應外合舉事的絕佳時機，把日期定在二十三日子時，王贊的人、溫畿的兵，都在這一時刻趕到。只是苟晞交給烏衣人的書信不知寫了些什麼。

張賓問給書信時，苟晞說什麼來沒有。支屈六回答說，苟晞囑咐將此信帶給溫畿，讓他照今夜所定而行。

張賓略做沉吟，帶了支屈六去見石勒。三人仔細分析了一陣，張賓笑著向石勒說出了他的妙招。張賓當即伏案寫了一封書信，遞給支屈六說，你可以帶上它走了。

支屈六帶了三騎奔至下邑縣城外面不遠，等到第二天凌晨烏衣人一出現，從暗處出來把他截住，烏衣人剛大喊了一聲「有賊」，支屈六一拳就將他打昏在地，調換了書信，搶了他肩上的包裹就走。

對烏衣人打昏而不打死，是張賓教的。那烏衣人被救入營帳甦醒過來後，將書信帶給了溫畿。溫畿展書瀏覽，見上面只

第二十二回　破洛陽漢兵俘懷帝 入蒙城鐵鍊鎖苟晞

寫了一句話，曰：「一切依帶書人稟告行事，萬萬不得有誤。」

※

　　溫畿以為這是苟晞出於謹慎才不把事情寫明。他擺手摒去閒雜人等，單獨留下烏衣人問明起兵的時間、細節，按行程里數於二十三日晨帶領三千兵馬繞田間小路詭道行進，行至離石勒大營還有三十餘里之地遇上伏兵。這支伏兵，正是石勒說給苟晞聽的孔萇帶兵外征的那一支人馬。孔萇說道：「溫將軍，你能離開苟晞是你的明智，何以反來助他？」溫畿道：「本將軍是來殺石勒。」孔萇道：「殺石勒，你做夢去吧！今日事勢已很明瞭，晉的氣數已盡，司馬熾之朝亡後留下來的雖有司馬睿、司馬模兩個藩王和劉琨、王浚、張軌、傅祇、閻鼎等這些遺臣，那也不會再出一個司馬炎時代那樣的一個晉朝來了，下馬投降是你唯一的活路，請三思。」

　　溫畿不聽勸，指揮兵馬出戰，孔萇生擒了溫畿，繩索捆綁帶回大營。

　　苟晞和王贊等到二十三日夜間子時已過，並不見溫畿兵馬來到，悄悄把召集起來的人眾散了。

　　石勒並未對苟晞追究，只是暗囑張賓、支屈六靜觀其變。

第二十三回

應求擊瑞誘殺王彌 見母致書回絕劉琨

第二十三回　應求擊瑞誘殺王彌 見母致書回絕劉琨

屯兵項關的王彌，一連旬日不過問兵營吏卒之事，幸有部將劉曒的進見才改變了王彌的低迷。

劉曒是王彌軍中司隸校尉，與將士閒聊時發現軍中只有三五日糧草了，忙入大帳稟告王彌早做打算。但他踏進帳門參禮之時，王彌憑案而坐沒有搭理，侍衛又做出一個且退的暗示，劉曒只好悄聲倒步出來。

他出得帳外，侍衛跟了出來，說王彌很喪氣，這幾天見誰罵誰，見什麼摔什麼，火氣挺大，讓他找機會再來。

離開王彌大帳，劉曒拐進長吏張嵩帳內，兩人經過一夜長談認為，王彌與劉曜鬧翻，必受劉曜排擠，漢國已不是他久留之所，石勒又不是他能駕馭得了的人，當往哪裡去好？兩人很為王彌和王彌所帶的這支兵馬擔憂。眼看天已大亮，劉曒告別張嵩以後，憂心不已地又想進見王彌。他來到中軍大帳門口，輕輕撩帷望一眼裡面，看見王彌獨坐案後，正想他不願見人，進去也沒什麼意思，這時裡面卻說話了：「望什麼，進來！」

帳裡說了話，劉曒徐步而入，屈了雙腿準備下跪，王彌止了他的禮節，生硬地喝道：「有話就說！」

劉曒道：「將軍破洛陽擒司馬熾之功，為始安王所忌，恐怕難以在漢廷立足，即便在劉聰威權壓服之下劉曜與將軍重歸於好，但到頭來您所能得到的，大不過一方侯封的利益。」

望了劉曒半晌，王彌才開口問道：「校尉是何想法？」

劉曤道：「從史籍所載事例度來，有才智、有武略，又取得軍心民心者，皆有稱王稱帝之可能。以裨將愚見，您不如東據故地青州，視天下之勢，而謀匡合九州，一統寰宇，至少不失為鼎峙之業，並非必得依附漢國。」

王彌站起來，走出案前踱了幾步，又悶悶不樂還身案後坐了。

劉曤叫道：「將軍？」

王彌仰頭長嘆，道：「我已不可能與劉曜同殿議事、同几飲酒，不便再為漢臣，獨霸中原力量又不足。這般衡量下來，唯餘校尉為我謀劃的故地青州才可能是長久之計。然世事多變，只能先按此走一步看一步了。」

劉曤道：「在這多變的世態中占些主動，說不準哪天老天爺會給您一個機遇。」

王彌謝過劉曤，隨之授左長史曹嶷為安東大將軍，領兵五千暫守項關，自率大軍和所掠洛陽宮中女子及珍寶東歸，一路攻占了兗州、青州諸郡縣。可這時部分兵將見王彌缺乏遠圖大略，大將徐邈、高梁各率部眾數千，脫離王彌投奔項關曹嶷麾下。

曹嶷在項關不足一月，遵王彌將令移鎮齊地。

徐、高兩位大將離去，王彌兵勢漸衰。他正苦於自己兵力不如石勒，偵探又報來一則令他更為不快的消息：石勒不動一刀一

第二十三回　應求擊瑞誘殺王彌 見母致書回絕劉琨

槍而入蒙城，擒獲苟晞，漢帝劉聰為之側目，升石勒為幽州牧，石勒固辭不受。王彌是個有野心而多妒忌之人。他有本事犯天闕、破洛陽擒懷帝，而無胸懷容天下英傑。雖然經常與石勒聯合作戰，但兩人外尊內忌，嘴和心不和。今日聽了這一稟報，王彌心中越感討厭，道：「怎麼這功勞都被石勒占去了。」

撂出這一聲後，王彌感到不妥，掀開門帷彎腰朝外望了望，外面除了守門侍衛沒有別人，問道：「你們聽見我說什麼了？」

常在帳裡帳外侍候王彌的侍衛，都是一干猴精，不用教便知道該如何回答，道：「沒有，什麼也沒有聽見。」

王彌道：「沒聽見比聽見好。沒聽見，就都把嘴給我封住。」

守門侍衛都俯下頭，道：「是，將軍。」

自此王彌下暗功，差人把在洛陽皇宮搶掠來的玉帛、美女獻給石勒。極善忖度王彌心思的司隸校尉劉曖，看出王彌想以驕兵之計，「將欲敗之，必姑輔之；將欲取之，必姑予之」，來麻痺石勒心志。他入帳來見王彌，道：「將軍看出來了沒有，石勒可是個心有異想之人，又屢建奇功，聲威華夷，將軍若想稱霸北方，此人不可不除。」

像王彌這樣多經變故之人，顯然知道還不能一下子把那些不光明的謀算直白告人，便道：「我與石勒重門結拜為兄弟，兄弟相謀害，這不是我所希望的。再說，石勒帶甲之眾二十萬，說打哪就打哪，說殺哪個就殺哪個，誰能制服得了他。」

劉曤道：「現今石勒已有一定的影響力，以將軍兵勢恐難勝他，可是安東將軍曹嶷不是回到齊地了嗎？與他聯合兩面夾攻，這力量大概不亞於石勒了吧？」

看出王彌還在猶豫，劉曤故作一笑，道：「重門結拜算個什麼，劉曜不也與您結拜了嗎，他在洛陽若顧及結拜兄弟的話，您也不至有國難奔。什麼結拜兄弟，有利害衝突了，什麼都不是了，將軍切不可因重門結拜而誤大事。」

擺出重門之拜，一在以口頭上的仁義遮掩內心的險惡，二在引出劉曤的見識。此刻兩者都得到了，而且受劉曤說的兩支兵馬力量的鼓動，王彌相信自己能贏。在這種野心加僥倖的心理驅使下，王彌赤裸裸地說道：「眼下能赤誠為我謀者，就數校尉你了，能替我往曹嶷將軍那裡走一趟嗎？持我手書去請曹將軍相助夾攻石勒，把他幹掉。」

劉曤爽快地回道：「為了將軍的未來事業，在下甘效犬馬之勞。」

※

劉曤穿一領紫不紫灰不灰的大袖衫，腰間革帶佩劍，收好王彌遞給的書信，騎一匹快馬悄聲東去。行至博關[01]偶遇石勒軍游騎迎面而來。劉曤見勢，勒馬回奔，引起了那些游騎犯疑，相互遞個眼色，道：「跟上去，看他是不是細作？」

01　又名博陵，春秋時齊邑，在今山東茌平西北肖王莊鄉西南王菜瓜村西二里。

第二十三回　應求擊瑞誘殺王彌 見母致書回絕劉琨

　　那些游騎一跟，劉曖慌得轉往山坡小道跑去，跟來的游騎越覺得他有鬼，很快追了上來。劉曖逃脫不過，轉身下馬拔劍拚殺，戰不過數個回合，被游騎擒拿帶回大營，報入中軍大帳：「我們擒一可疑之人，請大將軍鞫問。」

　　石勒向稟報的士卒做了簡要詢問，以為此人確實可疑，就朝石會招了招手，石會喊道：「帶進來。」

　　游騎把劉曖推進大帳，石勒坐在案後親自審問，但劉曖死不開口。站在石勒身側的張賓，見半晌問不出一句話，揮手讓士卒搜身。劉曖見四個士卒走近，馬上說道：「我受大將軍王彌差遣來問候石公收到玉帛、美女了沒有，你不以禮相待，反要搜身，這不是明擺著製造兩支漢軍的不和嗎？」

　　石勒道：「王公所饋已過了多少日子了，還拿這事來遮掩，搜！」

　　眾士卒從劉曖身上搜得書信呈於石勒，石勒隨手遞給張賓，道：「唸。」

　　張賓抖開書信，唸道：「洛陽城破，擒獲司馬熾，晉廷處於山河破碎分崩離析之狀，中原得主將為何人？幽州王浚胸無大志，難有作為；并州刺史劉琨，雖想匡扶晉室，然其絕非漢兵對手；建業司馬睿圖謀中興祖業，恐極不容易越江水北來；僻處西南的李氏成漢王朝就更不用多說了，他除了坐觀別人成敗，無力問鼎中原，唯一石勒真當世豪傑，深為吾所憂也！今

遺劉暾攜我書信見將軍，意在曹將軍提兵與我夾攻石勒，趁其尚在流動作戰之時一舉滅之。」

石勒聽罷沉了臉，道：「真是人心難測，這王彌一下子變得一點交情都不講了。」

張賓道：「王彌與明公不同。明公您攻城掠地打了勝仗，是哪個的功勞就記到哪個的頭上，榮譽和利益同享；王彌不識大體，不撫慰愛惜士卒，對部下打了勝仗沒有賞賜，忌恨有功之人，懷疑有才之士，這正是王彌欲圖明公之用心所在。」

石勒道：「他既不仁，也休怪我不義了，把劉暾推出去斬了。」

劉暾被斬於石勒兵營，王彌渾然不知，直在等待曹嶷消息期間，又寫了一封吹捧石勒的書信送到石勒手上，信中說：「公輕取蒙城而獲苟晞，法春秋宥善之義，寬其惡者為左司馬，可謂神也，令人感佩。據此以彌想來，既使晞為公左，再以彌為公右，天下平定還有什麼不能的呢！」

聽張賓讀完，石勒問道：「王彌位重而言卑，恐怕與送玉帛、美女之意相同吧？」

張賓道：「誠如明公所言，我觀王彌給曹嶷的書信，擔心明公盤踞中原，妨礙他稱王青州桑梓本邦的安定，所以想先發制人。以我愚魯之見，不如趁徐邈、高梁叛彌離去之勢，誘而殺之，免得後悔。」

245

第二十三回　應求擊瑞誘殺王彌 見母致書回絕劉琨

※

在征戰中已經壯大起來的乞活軍將領陳午，成為石勒南略的阻礙。依從幾位參軍和將佐的建議，石勒出兵與陳午戰於蓬關[02]。王彌與晉鎮守壽春[03]的將軍劉瑞攻伐多日，相持不下，派遣一介使臣向石勒請兵援助。石勒本不打算增援，當下遣返了王彌的使者。張賓發現以後，步入大帳進見石勒，深躬一禮，說道：「明公為何不應王彌相求而出兵呢？」

石勒道：「待我殺了陳午，而後全力圍殲劉瑞、王彌。」

張賓聽了慨然道：「明公不是說除王彌不得其便嗎？今天以其便授明公了，怎可錯失良機呢？張賓以為，陳午與王彌相比，陳午不可能成為我之大害；王彌人傑也，一旦雄風復振，制之何易？望明公早做決斷。」

石勒笑著問道：「為何不等劉瑞、王彌殺得兩敗俱傷，出兵直接取王彌首級呢？」

張賓道：「那時又怕生出別的變故。劉瑞獷悍之將，漸趨衰勢的王彌一時很難贏他，不如在王彌艱難之時出兵將劉瑞攻下，王彌會感激明公您的馳援而放鬆戒備，這更利於除掉這個禍害。」

這時候的石勒眉頭皺了皺，恍悟道：「是當出兵。」

02　也叫蓬陂，在今河南開封南。
03　戰國時楚邑，在今安徽壽縣。

石勒馬上召回使臣，讓他隨了所差遣的人來到陣前，命將士撤開陳午，移兵轉攻正與王彌拚殺於渦水北岸一線曠野之地的劉瑞。石勒陣前的孔萇、支雄兩員猛將分頭襲殺，劉瑞交戰不利，避開鋒芒南遁之時被斬於亂軍之中。

　　解了王彌之困，石勒反轉來攻打陳午於肥澤[04]。沒有了劉瑞的呼應，陳午獨力難支，差遣司馬上黨人李頭前往石勒大帳遊說，跪拜道：「李頭慚愧，有事求上門來。」

　　看在上黨人的份上，石勒微笑著伸手虛扶李頭起來坐了。隨侍在帳的張賓，也欠身拱手與李頭見禮。石勒眼盯李頭說道：「有事儘管說來。」

　　李頭道：「石公武略超世，定能平定諸雄，收四海之士為己用。」見石勒不言，又恭施一禮，道：「以我愚見，石公當聚集兵力早圖那些與您爭天下者，不必與我們這些無大作為的勢力過多計較，待您一統天下時，我和陳午將軍自會奉戴。」

　　石勒道：「李司馬所陳可謂良言，我可以暫不進攻。你速回稟陳午，若他肯臣服，我這便撤軍。」

　　李頭施禮出帳走後，張賓馬上勸石勒趁戰事稍息，誘來王彌殺之。

　　石勒道：「右侯以為時機合適？」

　　張賓點頭道：「合適。」

04　在今河南杞縣東北故肥陽城南。

第二十三回　應求擊瑞誘殺王彌 見母致書回絕劉琨

　　石勒致書王彌，以乞活軍二渠頭劉瑞被斬、陳午臣服，合當慶賀為誘辭，邀王彌來己吾相聚一敘。接到來書的王彌，喜氣洋洋地命親信備好馬匹起程，長史張嵩當即跪下勸阻，道：「將軍不去為好。」

　　王彌繃臉道：「我已回書如期以赴，怎可不去？」

　　張嵩道：「校尉劉將軍與將軍私議，我已略曉。當今諸強並立，各謀取一地而窺四海。將軍想除石勒，怎知石勒不在謀除將軍？倘若是個誘餌，又如何脫身呢？」

　　王彌仰頭哈哈大笑，道：「你怕他設的是鴻門宴[05]？我看不會。」

　　王彌見張嵩直嘆息，扶他起來，道：「我軍與劉瑞鏖戰幾敗，你看到了。石公見危相幫，你亦盡知。他若有心害我，只需待在一旁坐山觀虎鬥，等我和劉瑞戰到倦累難支趴在地上連起來的力氣都沒有了，那時他過來伸出腳尖輕輕一踩，便可將我們踩死，何須待至今日。石公既出師幫我，足見待我之誠，長史大可不必往壞處想。」

　　低了半晌頭的張嵩微抬了一下，道：「劉將軍一去音信皆無，此中是何緣由，又說不清。將軍離開本營，失去重兵翼衛，怎能讓屬下將士放心？」

05　西元前二〇六年，在秦都城咸陽郊外鴻門舉行了一次宴會，參與者包括兩支抗秦隊伍領袖項羽、劉邦。這次宴會被認為間接促成項羽敗亡，劉邦成功建立漢朝，後人常用「鴻門宴」一詞比喻不懷好意的宴會。

高傲的王彌哼了一聲，道：「你不要忘了我可是青州飛豹。」

　　張嵩見勸阻無效，搖頭告退。

※

　　聽不進長史張嵩之勸，王彌帶了幾名親隨，騎上良駒寶馬昂然馳向己吾。石勒派出去等在大營外面的幾名將士，望見王彌一路馳來，飛馬返回大帳，道：「報 —— 稟報大將軍，王彌一行已快到營門了。」

　　石勒說知道了，揮手辭去稟報的將士，攜張賓、刁膺、張敬、石會、孔萇一干文武，一色素服駿馬迎至營門之外，下來坐騎親至王彌馬前，扶他下來。兩人互致平禮，並行進入中軍大帳，將王彌扶到主位，自己在旁作陪。

　　這般殷勤的接待，幾乎讓王彌全然失去警惕，又忽然想起長史張嵩諫他小心的話來，便趁石勒指點侍兵擺菜斟酒之際，眼光遍掃帳裡帳外的所有侍衛、端盤提酒的侍兵，皆不著盔甲，不佩兵刃，心中自語：「這張嵩實在多疑。」

　　歌舞聲中，石勒捧起青銅酒爵，說道：「洛陽一別數月，兄弟我好思念王兄啊。來，先敬王兄一爵。」

　　王彌端酒爵而飲，道：「石公助彌於危難，未及厚酬，今日倒先享用你的款待了，我心下過意不去呀。」

　　石勒呵呵笑道：「王兄的事，亦小弟之事，理當，理當。」

第二十三回　應求擊瑞誘殺王彌 見母致書回絕劉琨

　　為使王彌多飲，石勒直是奉承王彌幾攻洛陽之功，又讓左右長史張賓、張敬和刁膺諸人一一勸飲，頃刻把個王彌灌得舌硬眼滯，卻伸起一根指頭，道：「我我，我得回敬石公一爵，只一爵。」

　　石勒忙端起酒爵，道：「說什麼回敬，你我共飲。」

　　當王彌仰頸灌酒之時，石勒將酒爵朝地上一摔，帳內所有兵將迅疾拔出隱伏在衣裳之內的兵刃，一起圍上去把王彌眾人捆綁了，王彌急叫道：「石公，石公，這是為何？」

　　石勒從懷裡掏出王彌寫給曹嶷的書信，抖開給王彌看，道：「就為這書信之事！」

　　王彌望了一眼，當下明白劉暾落在石勒手裡了。他低下頭，好半晌才說出一聲：「我有錯。」

　　石勒問道：「是你的手跡吧？」

　　王彌道：「是我的。」

　　此刻王彌心悸，喉眼乾烈如冒火，用力咽咽唾沫，道：「可是石公，那時我酒醉昏迷，劉暾他們幾個捉了我的手所寫，絕非我本意。」

　　石勒道：「不用編了，再編也掩蓋不了既有事實。」他把書信朝王彌身上扔去，道：「自打相識以來，我石勒每以兄長待你，你則以仇敵對我，你還算個人嗎？事至此境，你還有何話可說！」

張賓說道：「在重門，我見你滿口道義，不想背後所行如此陰毒，竟連誠心待你的石大將軍也要暗算。」

看著綁在親隨和自己身上的繩索，王彌想起一事，早年在東萊曾有相士說他不得善終，可他戎馬半生從沒把這當回事，沒想到今日真要一語成讖了。他轉臉直對石勒陰黑的面孔，問道：「劉暾呢，讓我見見劉暾，死也心甘。」

石勒道：「我送你到地下去見他吧。」

結果了王彌性命的幾個兵卒，剛返來大帳覆命，另一幫兵卒就把苟晞、苟純、王贊押到石勒面前。石勒問張賓：「參軍都尉，是何將他幾個押來？」

張賓揖禮，回道：「讓他們自己說。」

苟晞三人都不出聲，兵卒將從苟晞身上搜出的一塊白帛呈給石勒，上書：「石勒要殺你，王公速去。」

悉知三人反心猶在，石勒向外揮了揮手，苟晞帶著鎖鏈領了王贊、苟純走進冥府。

殺了王彌，石勒當場就把扈從王彌來的親隨放走，讓這些人到處去散布先有王彌要謀害石勒才遭殺身的消息。

受石勒吩咐，張賓寫了王彌謀反的奏表，呈送平陽漢帝劉聰。劉聰說他沒有給予任何僚佐可以在疆域之外擅自殺人的權力，要治石勒擅殺大將之罪，廷尉陳元達出班跪諫，道：「石勒殺王彌必有他故。況此用人之際，若出兵討伐，恰如把個具

有雄才大略輔君安國才能的人逼去依附東晉。如此一來，天下何日可定？不如加他爵秩，以慰其心。」

劉聰道：「石勒殺晉將無數，他怎麼肯去投晉呢？」

太保劉殷也雙腿一屈跪下，奏道：「廷尉之見，正合穩定軍心之勢，願陛下明鑒。」

劉聰叫一聲「陳廷尉」，道：「你是說石勒不會泯滅天良，加禍殺人？」

陳元達道：「石勒忠正之將，臣以為不會。」

劉聰仰頭想了半晌，因王彌之死已成事實，不得不籠絡石勒，道：「朕依你們所奏，擬詔速發。」

劉聰遣使持詔加石勒鎮東大將軍，督並幽二州軍事，其餘職銜如故。

詔旨到達軍中，石勒看了上表謝恩。

※

前時，石勒雖為長江所阻北還中原，但雄踞江漢之志至今依然飄蕩在腦際。殺死王彌、苟晞、苟純、王贊，除卻了後顧之憂，以將軍左伏肅為前軍都尉，率師遍掃豫州諸郡縣，一直攻略到長江邊上。石勒勒馬佇立而望，水面煙波推滾湍急，非舟楫不得競渡，遂轉頭而返屯兵蒼茫雄渾水碧域闊的葛陂[06]。

葛陂上承水，東出為銅水、富水等，皆注入淮水。這裡水

06　湖泊名，面積三十里，在今河南新蔡西北七十里，已堙。

陸通道北通中原，順銅水、富水東出，從淮水轉道傍運河南去，可渡長江直達江東。石勒看中了這裡的地利，把中軍大帳紮在葛陂東邊跨葛陂城一側。

春末夏初的葛陂，草綠水清，堤岸茅舍魚塘，別有風采。一心南伐的石勒，今日帶領張賓、張敬、刁膺、石會、孔萇眾人出來大營，沿水南行數里停於岸邊，眼前水流淌，周邊湖泊汪然。他看了半晌，驟間移目身後平展潮潤的地面，問道：「這裡曾為田疇吧？」

聽此發問，張賓從旁邊湊過來，說道：「後面不遠是平輿，平輿以東這一帶與四周一樣肥沃。自楚國以來，歷代都在這裡招募流民屯田積糧，東漢中後期兵匪騷亂，百姓逃離，田疇荒蕪至今。」

石勒細細看了一圈回到大帳，即命將士一面築壘屯田，充實軍糧；一面趕造船隻舟楫，以備渡江東征。這消息傳到建康[07]，坐鎮建康的琅琊王司馬睿第一次面臨北軍南犯江東的壓力。從八王之亂至今，江東是一塊沒有發生過戰亂之地。晉室諸王之戰和李雄成漢、劉淵漢國的軍事擴張均未波及司馬睿藩鎮，只今日探馬報說漢將石勒將以淮水流域為據南侵的軍情，讓他感到心神緊張，慌急召來幕僚討教對策。這些幕僚，有許多是晉永嘉年間王導為司馬睿招攬來的江北名士，他們盡悉石

---

07 舊指建業，西晉永嘉七年，即西元三一三年五月晉愍帝司馬鄴即位後，避司馬鄴諱改名建康，為丹陽郡治，治所在今江蘇南京。

第二十三回　應求擊瑞誘殺王彌　見母致書回絕劉琨

勒之智之勇，勸司馬睿速聚重兵於江淮一線抵禦北兵南渡。司馬睿接受此議，詔求良將鎮禦江淮，擢升鎮東長史紀瞻為揚威將軍，統領十萬大軍北上屯紮壽春。

但石勒仍做著渡江直攻建康的準備。今天，聽偵探報說司馬睿集兵壽春，又與張賓、孔萇、支雄幾名勇將騎馬順水北岸東出走了幾十里，擇其地利部署了防禦壽春之兵暗中來襲的兵力之後，專注在督導戰船製作上。這時候他從將士們造船的場地回來大帳，侍兵端上湯水剛喝了一口，把守帳門的侍衛撩開門帷參禮，道：「稟報大將軍，從并州武鄉來了一個叫張儒的老家人求見。」

石勒愣了一下，老家早已因他反叛被官兵抓捕驅趕得家破人亡。即使有人，也不會知道石勒即是當年的匐勒，哪裡還會有人找到兵營裡來。不過，他既自稱武鄉人，容他進來敘敘鄉土之情也好。石勒放下盛湯水的陶碗，擺手准允來人進見。那侍衛出去領了張儒進來，張儒小心趨前跪倒下拜，道：「武鄉張儒拜見大將軍。」

石勒出手虛扶張儒起來，然後端量這個一身絳服、兩頰短鬚的男人，怎麼看怎麼覺得面生。這麼一個從未晤面的人，會有什麼事？他問道：「你千里而來見我何事？」

從傳聞中，張儒心目中的石勒是個青面獠牙殺人不眨眼的惡人，可今日一見，除了他的羯人特徵之外，和常人沒有什麼區

別，提著的心這才放下，道：「大將軍，不管您是剮[08]張儒，裂[09]張儒，張儒都得告訴您，我是您的敵人并州刺史劉琨的部下。」

萬沒想到，這個名字竟然讓石勒聲色一變，霍地站起身來，吼道：「你探聽軍情竟然探聽到我大帳裡來了，張敬、石會你們速速把他拿下！」

門外的侍衛也都提刀執槍擁進來，把張儒嚇壞了，又撲通跪倒，道：「大將軍容稟，張儒雖與您各為一方，可我並非細作。」見石勒手示張敬、石會收起佩劍，他緩緩直起腰來：「張儒奉劉刺史之命，為大將軍您送來了老娘王氏。」

石勒兩眼望著張儒，猶豫不決。算起來，自太安元年（西元三〇二年）夏與老娘失散冥然十年矣。十年之間天下大亂，人事變遷，自己多少年的追尋，多少回的叩問，都沒有尋見老娘，你劉琨倒為我尋見了，這裡面究竟有何名堂？

跪在地上的張儒，抬頭望一眼，見石勒一副陰沉的面孔正對著自己，慌得又把頭低下，後悔不該一張口就把劉琨擺出來。明知互為敵手，擺出劉琨不就如同把石勒與他娘中間放了一層煙霧隔著。他自悔地哀嘆一聲，道：「大將軍，張儒送來的確是您老娘王氏呀。」

石勒道：「那你說，劉琨是如何尋見我娘，還差你送來？」

見他盤問底細，張儒只好把事情倒回到數年之前 —— 劉琨

08　古代一種酷刑，又稱凌遲。
09　古代一種用車將人四分五裂的酷刑。

第二十三回　應求擊瑞誘殺王彌 見母致書回絕劉琨

　　鎮守并州數載，功業沒有多大進展，依賴鮮卑拓跋部首領猗盧之力，遏制了平陽漢國兵馬的北進，卻割地送錢付出不少，遭到朝野眾多正義之士責難。國難思良將。劉琨以為，若想既不依賴拓跋猗盧，又能討平劉氏漢國者，非有勇略雙全的戰將不可。今遍觀天下諸將帥才略，劉琨只看中一人 —— 石勒，便有心拉攏他棄漢歸晉，為國平賊。怎麼拉攏？召來部將問計，家臣張儒提出尋找並送歸石勒失散多年的老娘，許能感動石勒反戈。

　　早已探知石勒身世的劉琨，此刻又被張儒的話意所啟發，馬上問道：「我想差人尋找石勒老娘，不知誰可往？」

　　在場的郝詵將軍說道：「以裨將想來，張儒提出此議，敢是知道點什麼線索，讓他去為好。」

　　劉琨的目光轉向張儒，道：「如何？」

　　張儒微笑謙虛幾言，俯首承命。

　　張儒是道地的武鄉人。年少時，曾游走武鄉各地，對羯漢雜居的武鄉地理人情比較熟悉。他一出發便來到羯人居多的武鄉縣城周邊的山區，幾天後轉到北原。這裡已經沒有了往日那種熙攘往來的情形，只有連遭旱災和官兵劫難之後的荒涼。這時候，張儒走到一個小村下面的溪水邊，爬下喝了幾口水，見水中印出一座浮橋和旁邊的馬兜鈴。他把駐留的目光前移一看，過橋拜見了石庵旁的一位老者，得知石勒老娘尚在人世，前三四年還回過村裡一次。因官兵燒了她家的屋舍，沒辦法居住，又向東逃去了。

張儒趕緊施禮追問，道：「到何處落籍了？」

老者道：「後來沒有打聽過。」

這條線索為張儒提供了方位，他踏上八賦嶺的山道向東尋去，最終在北原一家親戚那裡找到了石勒老娘，又作揖，又奉承，說動王氏願隨他去見兒子，劉琨差遣張儒以牛拉溫車載王氏朝葛陂而來。

見張儒描繪得情真事確，石勒即刻揮手讓一個侍衛去吩咐營門放并州牛車進來，自己換了一身便服，隨了張儒跑出大帳去迎接，石會他們幾個跟在石勒身後，沒多遠迎上了牛車。見娘心切的石勒，一踏步上前撩開牛車側面不大的窗孔布帷望了一眼，裡面坐的確是他娘王氏，穿一襲發皺的長衣，鬆散的白髮和額頭的滄桑都很明顯，只是略微長圓的臉龐並無太大變化。石勒激動得張口便是一聲「娘」，止不住的眼淚撲簌簌往下流，與張儒一邊一個將王氏攙扶下車來，撲通跪倒在地，道：「孩兒訇勒拜見娘。」

適才王氏在車裡聽見有人叫娘，沒有看清是誰，現在她端住石勒的臉，細一辨認，不禁鼻腔一酸，嗚咽著說：「背⋯⋯背兒啊，娘可尋見你了。」

王氏撲下身去，抱住石勒的頭嗚嗚嗚痛哭。

見到老娘王氏，石勒心裡很是慰藉和滿足，高興得恭敬攙扶老娘還身大帳，扶她坐了，命侍衛傳來兩位夫人拜見王氏。

第二十三回　應求擊瑞誘殺王彌　見母致書回絕劉琨

劉夫人踏進大帳的門，心頭一震，叫道：「義娘。」當即跪下，兩膝交替前挪至王氏身前，爬到她的腿上哭泣了半晌，才仰頭細看，說：「女兒在那城堡尋了很長日子，以為再也見不到義娘了。義娘，您打聽到小女我在這裡了？」

王氏道：「憑義娘這般鄉巴老嫗，何以打聽得到？」

劉氏問道：「那您又是如何尋到這裡來的？」

王氏眼盯身著淡青長裙、猶然鬢髮紅顏不顯憔悴的劉氏，遠不是逃難時的那個窮酸樣子，止不住愴然淚下，道：「并州刺史差張儒把義娘送來與兒相會。」她直盯劉氏的目光轉向石勒，道：「背兒，事情真有這般巧，她是……」

問得石勒復又屈腿跪下，道：「正是，還有程氏，是冀地人，都是孩兒未奉娘之命自作主張娶過來的。娘，您不怪罪孩兒吧？」轉身朝向程夫人，道：「還不見過娘。」

程氏忙也跪下，叫了一聲「娘」，道：「兒媳拜見您老。」

王氏看了一陣跪在身前的兒子和兒媳，傾身一一扶起，道：「背兒自己能娶下如此妻室，娘高興，高興。」她擦去眼淚，身軀半轉叫出一聲：「虎子，快上前見過你兄嫂。」

她叫出的這個名字，是待在一旁的那個年少男子，半晌他才愛動不動地抬腳前邁少許低頭站著。

石勒早已注意到了這個隨牛車進來的壯壯實實的年輕人，原以為是張儒的僕童，這才弄清是他先前很不待見的虎子，道：

「虎子，他是虎子，都長這麼大了？」

虎子今年十七歲，卻一直走不出幼時親眼看著爹娘被殺的心理陰影，還是那樣神色陰沉，少言寡語。他入帳後遍視一眼大帳的威嚴——木架上插的兵器、套在杙上的盔甲戎裝、几案上擺放的一摞簡卷和放在案邊的青銅製鴞卣[10]、夒[11]、陶獸俑等鳥獸形器物，遂走到張儒後側，掩下眼皮呆立不動，直至王氏抑住哭聲再次催促了，才右手掌貼胸，上身前傾俯首向石勒夫婦三人行一羯禮，怪腔怪調地說道：「虎子拜見兄嫂。」

拜畢，轉身垂手站到劉夫人身邊。劉氏抬手撥撥他額尖的散髮，問道：「還記得你兄長吧？」

虎子的嘴緊抿，一聲不出。

坐在大帳的王氏，一路上心情緊張地準備來見兒子。在車裡晃晃蕩蕩坐了幾十天，現在見到兒子了，才有了全身困乏骨架都快要散了一樣的感覺。石勒見她眼滯言少，哈欠連連，要送往後營歇息用飯了，張賓、張敬、刁膺、程遐、徐光、孔萇、支雄、桃豹、郭黑略等將領，聽說石勒與久別的老娘有幸相會，都來大帳看望，拜見太夫人的寒暄沒完，張越領了冀保、劉膺也跑來屈膝下拜，「伯母伯母」地連叫帶哭問王氏他們的爹娘是生是死，可有下落？兩人見王氏也哭起來，就想到自己的爹娘八成是不在人世了，哭得更厲害更傷悲了⋯⋯

10　古代一種小鳥形的盛酒器具，口小腹大。
11　古代神話傳說中的一種異獸，也有史籍說叫夒牛，此指一種夒形青銅器。

第二十三回　應求擊瑞誘殺王彌　見母致書回絕劉琨

　　大帳裡哭聲不斷，張賓見張越勸了冀保、劉膺半晌也沒有停了哭泣，吩咐程遐、劉膺去預備盛宴慶賀大將軍母子團聚，勉強結束了這種悲戚的場面。

　　趁著程遐、劉膺出帳之時，張儒打開包裹取出劉琨寫給石勒的書信呈上去，石勒接住一倒手遞給張賓，道：「唸。」

　　張賓粗略一看，高聲唸起來：「將軍發跡河朔，席捲兗豫，飲馬江淮，折衝漢沔，雖自古名將，未足為諭。所以攻城而不有其人，略地而不有其土，翕爾雲合，忽復星散，將軍豈知其然哉？存亡決在得主，成敗要在所附。得主則為義兵，附逆則為賊眾。義兵雖敗而功業必成，賊眾雖克而終歸殄滅。昔赤眉黃巾，橫逸宇宙，然其一旦敗亡者，正以兵出無名，聚而為亂。將軍以天挺之質，威震宇內，擇有德而推崇，隨時望而歸之，勳義堂堂，長享遐貴，背聰則禍除，向主則福至。採納往誨，翻然改圖，天下不足定，寇敵不足掃。今相授侍中持節車騎大將軍，領護匈奴中郎將襄城郡公，總內外之任，兼華戎之號，顯封大郡，以表殊能，將軍其受之，副遠近之望也！自古以來誠無戎人而為帝王者，至於名臣而建功業者，則有之矣。今之望風懷想，蓋以天下大亂，亟須雄才，遙聞將軍攻城野戰，合於機神，雖不視兵書，暗與孫吳同契，所謂生而知之者上，學而知之者次。但得精騎五千，以將軍之才，何向不摧！至心實事，皆張儒所具知，合當面述，佇待覆音。」

石勒聽罷劉琨書信所論，對他以高官厚祿相誘只輕撚長髯微微一笑。但劉琨送來老娘，確是為他做了一件善事好事。感慨繫之，連日酒宴款待張儒，待張儒回返晉陽臨走，石勒又以名貴寶馬一匹、珍玩錢物若干，以及回書等，托張儒帶給劉琨。

　　半個月之後，張儒回到晉陽，劉琨得石勒回書，急忙拆封來看，曰：「事功殊途，非腐儒所聞。君當逞節本朝，吾自夷，難為效。」

※

　　這一志不可奪的回書，一下子把劉琨所謀之願望擊碎了。粗略看了一眼，兩手把它撕得粉碎，隨後遙望南天，捶胸頓足，長嘆數聲，起身步入後庭，召來一干歌伎相陪飲酒終日，以排遣惆悵。其間，他已無興庶政，一些軍牒要務也扔給下屬去應付，連官職擢升都隨意起來，還把與他有同樣愛好的河南人徐潤，任命為晉陽令。生性耿直的護軍令狐盛，勸劉琨不可用徐潤這種不肖之徒，劉琨便把令狐盛處死。令狐盛之子令狐泥，逃出晉陽投奔平陽漢帝劉聰，盡言晉陽虛實。

　　劉聰得此軍情，以令狐泥為前哨，派河內王劉粲、將軍劉曜[12]，將兵寇并州，劉琨派遣將軍郝詵、張喬率領部眾抵禦，又差使北出去請拓跋猗廬，他自己也親出常山募兵。但郝、張二將戰敗死於陣前，太原太守高喬、并州別駕郝聿，因恨劉琨忠

12　因長安之敗逃回平陽，降為將軍。

第二十三回　應求擊瑞誘殺王彌 見母致書回絕劉琨

奸不明，開城投降，令狐泥進入晉陽城，殺害了劉琨父母。

遭此慘變，劉琨對漢國和令狐泥徹骨痛恨，再次派人去請鮮卑拓跋部首領猗盧出兵馳援。猗盧與兒子拓跋六修親率大軍二十萬，來幫劉琨救晉陽。進入晉陽城的漢軍將領劉曜帶兵過汾橋[13]東岸迎擊，被拓跋六修的騎兵擊敗，急忙與劉粲退出晉陽，趁夜向南逃竄，猗盧大軍追至藍谷，一場混戰，斬漢軍三千餘首級。

劉琨憑仗猗盧之力取得大捷，但因父母被殺，對漢軍有勢不兩立之仇，懇請猗盧以騎兵南進踏平漢國，捉來令狐泥千刀萬剮，猗盧卻道：「漢軍雖有此敗，尚未可就滅。如果我攻入他的腹地，劉聰必然調回石勒大軍來戰。若說劉粲、劉曜是條不好打的蛇，石勒可是條惹不起的大蟲，與殺人狂石勒鬥，有便宜能占嗎？」

劉琨怒道：「石勒，石勒，提起石勒我就……」

拓跋猗盧體諒劉琨此刻心境，留下大將段繁等將士協守晉陽，帶了自己的兵馬、高牙大纛，打著勝鼓，威風凜凜北歸雁門山[14]之北去了。

（待續）

13　故址在今山西太原，清代已毀。

14　在今山西代縣西北三十五里，唐朝於山上置雁門關。

電子書購買

國家圖書館出版品預行編目資料

奴隸帝王：石勒：一劍能當百萬師 / 毋福珠著.
-- 第一版 . -- 臺北市：崧燁文化事業有限公司，
2022.06
　　面；　公分
POD 版
ISBN 978-626-332-363-6(平裝)
857.45　　111006989

奴隸帝王 —— 石勒：一劍能當百萬師

作　　　者：毋福珠
發 行 人：黃振庭
出 版 者：崧燁文化事業有限公司
發 行 者：崧燁文化事業有限公司
E - m a i l：sonbookservice@gmail.com
粉 絲 頁：https://www.facebook.com/sonbookss/
網　　　址：https://sonbook.net/
地　　　址：台北市中正區重慶南路一段六十一號八樓 815 室
Rm. 815, 8F., No.61, Sec. 1, Chongqing S. Rd., Zhongzheng Dist., Taipei City 100, Taiwan
電　　　話：(02) 2370-3310　　傳　　　真：(02) 2388-1990
印　　　刷：京峯彩色印刷有限公司（京峰數位）
律師顧問：廣華律師事務所 張珮琦律師

臉書

定　　　價：350 元
發行日期：2022 年 06 月第一版
◎本書以 POD 印製